Zona Zamfirova

Zona Zamfirova

Stevan Sremac

Globland Books

GLAVA PRVA

U kojoj je opisana jedna dirljiva scena između kalfa Kote i šegrta Pote, dalje, kuća hadži-Zamfira čorbadžije, a tako isto i slika junakinje ove pripovetke.

U kujundžinici Mana kujundžije sede kalfa Kote i šegrt Pote i rade. Zadubili se u posao. Kalfa Kote dovršuje neku srmali-muštiklu — koju je poručio kod njih u radnji neki Mile, nazvan Mazni, najveći kicoš i meraklija u svoj mahali, ako ne i u svemu gradu — a glavati čupavi šegrt Pote, i on šmrče i radi; čisti zečjom nogom neke stare minđuše i baca ih na gomilicu preda se. Obojica se zadubila u posao, pa rade. Kalfa Kote zvižduće nešto, a šegrt Pote se zaneo u posao, pa se u jedan mah zaboravi, pa zapeva, onako kao za sebe:

Sinoćke te, lele, vido', Zone,
Gde se premenjuvaš...

Kalfa Kote ostavi rad, pa ga samo pogleda.

A Pote se zaneo kao tetreb, pa produži onim svojim tankim srebrnim glasom:

Gde se premenjuvaš, lele, Zone,
U nova gradina.
Oj hoj hoj lele, Zo...

ali ne dovrši, jer puče šamar, i Pote ispusti onu zečju nogu i minđuše, i pogleda začuđeno u kalfa Kotu.

— Što me pa tepaš, bata-Kote? — pita ga Pote pitomo, mašiv se šakom za udareno mesto na glavi.

— A, bre, ešeku nijedan — pita ga kalfa Kote — kakvo pojenje u dućan?!

A šegrt Pote ga gleda blesasto, i pipa glavu, i gleda da se nije i krv prolila.

— Kude si gu čuja i naučija, ete, tuj pesnu, ešeku nijedan palilulski?!...

Pote ćuti i češe se po glavi, koja bridi, pa mu to češanje čini neko osobito zadovoljstvo.

— Od koga si gu, zbori bre, naučija?! — opet ga pita kalfa Kote, ali ne dobija odgovora. — Ti li će za Zonu pesnu da poješ!!... Što si gu ti, pa da možeš da poješ?!

Pote oborio oči, pa se stidi.

— Paa... — nastavlja kalfa Kote — ti li si gu videja, kad si ona, de-mek, presvukuje košulju, i čiček-anteriju u bašču?!... Hm — huknu i duhnu ljutito na nos i zavrte glavom Kote. — Kude si gu videja? Zbori, kelčo nijedan.

— Nesam gu videja, bata-Kote — veli stidljivo, šapatom, šegrt Pote — kude smem ja pa da gledam čorbadžijske kerke! Ja si sal poješem, ete, što se poje po čaršiju i po ma'ale!...

— Ih! — viknu kalfa Kote i diže ruku, da ga još jedared udari, ali ga ostavi, kad uplašeni Pote uvuče vrat i glavu kao kornjača, da bi izbegao drugi šamar, koji očekivaše. Kote samo obrte glavu, pa se krišom nasmeja; valjda i njemu smešno dođe pri pomisli, kakav bi smešan izgledao šegrt Pote, kad bi zaista virio kroz plot u čorbadži-jsku baštu i uživao u prizoru, opisanom u pesmi.

Kad Pote ne dobi očekivani drugi šamar, on polako ispruži šiju i glavu, pogleda plašljivo oko sebe, uze onu zečju nogu i minđuše, šmrknu i produži posao i ne razmišljavajući baš mnogo, zašto je dobio šamar. Možda zato, što je s tim načisto bio da su šamari sasvim prirodna i neminovna posledica bednog šegrtskog položaja. A vukao je šamare preko cele godine. Sem prvoga dana Božića i Uskrsa, slave i Todorove subote (kad se pričešćivao), nije bilo dana, da Pote nije dobio šamara, ili u dućanu, ili na česmi. Zato zaboravi brzo dobiven šamar, pa kad svrši posao, primače preda se bednu svoju večeru, komad hleba i poveće parče pečene bundeve, prekrsti se i poče večerati razmišljajući i hesapeći u sebi koliko još ima da prođe, dok ga zakalfe; a čim postane kalfa, iskijaće prvi šegrt — mišljaše fatalista Pote — za sve ove do sad dobivene šamare. Bože zdravlja! Zapamtiće prvi novi šegrt — ko je kalfa Pote! Tako misli Pote i jede pečenu bundevu i teši se i uživa već sad. Zato i nije čuo, kad ga je još jednom zapitao kalfa Kote, gde je čuo tu pesmu.

Kalfa Kote ne dobi odgovora.

A nije trebalo da ga pita ni gde je pesmu čuo, ni od koga je pesmu naučio, a još manje je smeo da se ljuti, jer je ta pesma i suviše dobro poznata bila. Pevala se po celom gradu, i da je kalfa Kote malo-malo mućnuo glavom, setio bi se da je šegrt baš od njega istog čuo i naučio tu pesmu, kao što je on čuo i naučio od majstor-Mana. A posle, baš da je sve zaboravio kalfa Kote, nije trebalo da zaboravi onaj šamar što ga je pre nedelju dana dobio i on sam od majstor-Mana, kad je tu istu pesmu pred njim zapevao. Zato je više nije pevao pred majstorom. Pa i ono maločas, možda šegrt Pote i ne bi zapevao i, ni kriv ni dužan, dobio šamar, da nije sam on, isti kalfa Kote, zviždukao baš tu istu pesmu. Ukratko reći, ta se pesma najradije pevala u ono doba, kad se i ova naša pripovetka počinje. Bila je čisto fatalna sa svoje prilepčivosti; i ko je samo jedared čuo, nije mogao više da je izbije iz glave i zaboravi. Kad uveče leže u krevet — šapuće te stihove;

kad ujutru ustane i potraži papuče — opet mu se ti isti stihovi otmu s usana i on pevuši tu pesmu: *Sinoćke te, lele, vido', Zone...*

Svaki ju je znao i pevušio, i ženjeni i neženjeni, i mladi čapkuni i stari dilberi pevuše je. Čak i prozaični ćir-Moša Abenšaam pevušio bi je, kad bi što dobro prodao, ili kad bi sarafeći koga zabušio i prevario — i on bi, trljajući ruke, pevao tu pesmu. Pa i vi, poštovani čitatelji, bez razlike pola i starosti, zvanja i zanimanja, izvesno da znate tu pesmu o lepoj Zoni. Ali ima što ne znate, a što ćete tek iz ove pripovetke saznati, a to što ne znate, to je to: na koga se odnosila ta pesma? Ta je pesma iz naroda; i bogzna ko ju je spevao, i na koju je Zonu mislio taj prvi, kad je tu pesmu spevao!! I ko zna od kada i na kom dalekom kraju Srbije pokriva crna zemljica i zelena travica i tvorca i predmet te pesme! I to vam ni pisac ne ume kazati — jer to ni sam ne zna — ali ono što zna, to je: da ko je god i kad god je ko — u vreme ove naše pripovetke — zapevao tu pesmu, uvek je mislio samo na jednu Zonu, na lepu Zonu, Zonu Zamfirovu.

***

Zona je bila kći čuvenog čorbadži-Zamfira, bogatog i uvaženog čorbadžije, silnog negda čorbadžije. Dugo se još pričalo kakva je sila bio čorbadži-Zamfir; takve sile i takvog gospodstva nema više! Pred pašu je u tursko vreme izlazio, kad god je hteo — u po dana, u po noći, i bio viđen i mio gost u pašinom konaku. — Paša se vrlo često savetovao s njim. Koliko su samo kafa i nargila posrkali i čibuka pop-ušili i mastika popili, i Zamfir u pašinom konaku i paša u Zamfirovoj gospodskoj kući. I ne jedan paša — nego nekoliko njih! Zamfir je bio sila; mogao je čoveka i sa samih vešala skinuti, samo kad hoće i kad potrudi svoje čudo i gospodstvo. A za sitnije stvari utoliko mu je lakše bilo. Svaku nepravdu, učinjenu kavurima, on je lako, od šale, zalečio, samo kad se krenuo. Tek se digne do paše. Jave ga, a paša ga odmah pusti k sebi. Čorbadži-Zamfir uđe, pokloni se paši, paša mu da znak, da sedne. Donesu kafe i čibuke, piju i srču. Paša zapodeva razgovor i pita, Zamfir samo kratko odgovara; čini se ljut, ćuti, srče kafu i pušta dimove, guste dimove, i gleda kroz prozor u stranu. Paši već pomalo dosadno. — Opet menjaju čibuke i donose druge kafe, a Zamfir jednako ćuti. Paša već uznemiren.

— Što si ćutiš, čorbadži-Zamfir?!...

— Pa... pituj me, pašo, pa će si zborim! — odgovara kao malo uslužno i ponizno, ali i hladno, Zamfir.

— Ne li te pita, a ti si sal ćutiš!

Zamfir sleže ramenima, pušta guste dimove, i gleda u stranu kroz pendžer.

— Koja mi fajda, čestiti pašo, i da si zborim? — reći će u neko doba čorbadži-Zamfir. — I komu da si zborim?! — Pa skine fes i briše čelo.

I treći čibuci i treće kafe dođoše, a čorbadži-Zamfir tek sad malo da se odobrovolji i kaže šta ga je nagnalo, da dođe paši, ispriča mu neku sirotinjsku nevolju. Potuži mu se na neki zulum: na razuzdan asker, na nepravedan sud, na nasrtanje na obraz i veru, i kaže da je doneo ključeve od kuće svoje i da ostavlja u amanet njemu čeljad i dvore svoje; ili neka prima ključeve ili neka pomogne vlašću svojom. A paša mu se pravda, obećava, a što obeća to će i ispuniti, zna to čorbadži-Zamfir.

— Ete za tvoj keif, čorbadži-Zamfir, i toj će ti naprajim! — veli mu paša — i stvar je svršena!...

A i paša je znao uvek šta radi; znao je on da je Zamfir sila i u Stambolu. Smenio je on — ili kako tamo kažu — „surgunisao" je tri paše. Pa nije trebalo ni da ide sam glavom tamo. — „Sal dor čukne u tel u Stambol — i paša već beše!" — govorahu često meštani hvaleći silu i moć čorbadži-Zamfira.

A ta sila dolazila je od silnog bogatstva njegovog. Njegovi vinogradi i čifluci mnogobrojni su i ko bi ih mogao izređati! Ali šta da se čitaoci lome preko polja i atara — kad je dosta da mu pogledaju konak, dvore njegove, koji su i viši i lepši i od samih pašinih! Kuća mu je bila u jednoj tesnoj i krivoj ulici u blizini crkve. Kapija velika, sva išarana čestim redovima eksera, sa ogromnim zvekirom, pokazuje već sama ona bogatstvo domaćinovo. Kuća dvokatna, visoka, sa mnogim visokim odžacima, padala je izdaleka iz polja svakome putniku u oči i raspoznavala se usred ostalih kuća, sa doksatima i mnoštvom prozora sa kapcima. U kuću se ulazilo preko mnogih širokih basamaka. Avlija prostrana. Ispred kuće manja baštica, takozvana devojačka bašta, puna svakojakog cveća: ruže, karamfila, zambaka i kakvog ne cveća! Samo je lepa Zona znala kakvoga sve cveća nije bilo u bašti, jer ona se starala o cveću i zalivala ga. Skoro svako doba godine imalo je svoje cveće, i kuća Zamfirova mirisala je preko cele godine. Pred kućom su još i dva stara, granata i lisnata šamduda, nekoliko dunja i dva dafinova drveta, koja je jako pazio stari čorbadži-Zamfir. I u maju, kad cvetaju dafine, najradije je sedeo na prostrtom sidžadetu pod njima; pušio, izdavao naredbe, srkao kafu i tada je vrlo malo mislio; samo od vremena na vreme izdigne se na sidžadetu, pruži nos — kao hrt kad hvata trag — i uvlači miris od žuta dafinova cveta i šakama ga još više grabi i priteruje svome nosu. Miris ga taj zanosi i opija. Budi u njemu davne uspomene taj orijentalski haremski miris žutog dafinovog cveta. Pa se čorbadži-Zamfir seća dahireta i rešmeta, i feredža i bademastih velikih očiju, i pesme jedne, koja se negda tiho pevušila po srpskoj mahali — tiho da Turci ne čuju — pesme o mladom kavuru i o Zejni nekoj! Tada ga obuzima slatka seta, i stari Zamfir tada tiho žali za mladošću svojom pod cvetnim dafinovim drvetom, koje je i onda tako isto mirilo. I sve dok cveta dafina, ono nekoliko dana, čorbadži-Zamfir nerado ostavlja kuću i slabo izlazi u čaršiju. Tu sedi i puši, pije kafu i amberiju, odatle naređuje i savetuje i grdi, ali i kad se naljuti, i grdi koga od mlađih — ipak je tih dana dobre volje.

Bio je stari ašik. U mnogim pesmama je spevan sa mnogim, sad već čestitim i primernim matronama, staricama. Mlađi svet i ne peva danas te pesme, a i ako ih peva, ne zna o kome pevaju.

I danas, još ovako star, voli hadži-Zamfir da zadene pokoju staru ljubav svoju.

— Aaa, Mado — rekao bi, kad je sretne — kude ti je ubavinja tvoja?

— E, hadžijo — odgovara mu ona — prođe si naše!...

— Prođe, Mado! Odoše si i mlados' i lepotija, kako lastavice u jesen!...

— Eee, laste se pa vrću na prolet — ama tvoj mlados' i moja lepotija — nikad...

Iza kuće je prostrana avlija, a iza ove duboka bašta sa kapidžikom u crkvenu portu, kroz koji kapidžik prolaze čorbadži-Zamfirovi u crkvu na jutrenje i na kraće molitve. U avliji nekoliko koševa, peć za hleb, štale za konje i velika šupa, a u šupi dvoja obična kola, pa čak i jedan „pajton", istina staroga fazona, nalik na one faraonove „kolesnice" iz biblijskih slika, koje su s njim zajedno propale onoga fatalnoga dana u Crvenom moru; ali tek kad vam kažem, da je još samo paša imao takav „pajton" i niko više u mestu, onda tek dobijete pravu sliku bogatstva, velikog bogatstva čorbadži-Zamfirovog.

Tu, u avliji, su čeljadske sobe i kujna. Kujna je po pravilu uvek malo podalje od odaja jedne takve čorbadžijske kuće, da se ne bi osećao zadah od gotovljenih jela. U toj kujni se i čeljad i ukućani preko dana najradije bavili. Kujna je bila najmilije i, takoreći, najtoplije mesto u prostranim konacima čorbadži-Zamfirovim. Tu ponekad i sam čorbadžija svrne, da popije kafu. Tada obično svi iziđu, samo po jedno muško i žensko od mlađih ostanu, stoje tu kao sveća pravo i očekuju zapovesti, dvore ga. Ali većim delom dana to je mesto samo za čeljad i za ženskadiju. Tu posedaju na one seljačke, grubo odeljane i sklepane tronožne stoličice, nalik na papudžijske, pa povazdan peku i srču kafu, ili jedu pečene semenke od bundeve ili kokice od kukuruza, i onako raskomoćene, samo u jelečićima i šalvarama, slušaju novosti iz komšiluka, mahale i grada; tu pretresaju sve, i obično i redovno nikoga ne ostavljaju na miru. Sve se tu sjuri, i domaći i iz komšiluka, pa nastane jedan slobodan razgovor, čuje se kikot, cičanje, uzvici: „Muka te izela!" Ponekad se i papučama u šali gađaju; a čim uđe muško, one ućute i uprepodobe se, kao da ništa nije ni bilo i kao da ni dve unakrst ne znaju! Iz te kujne se već do sad pet devojaka podsvojkinja udalo. Tu se zagledale i zaljubile u momke čorbadži-Zamfirove, za njih se udale i postale domaćice i majstorice, ali zato ipak i nadalje su se smatrale i osećale kao rod toj kući. I kad su služile i dvorile čorbadži-Zamfira, nisu smatrane bile za sluškinje — kao što je to običaj tamo na hladnom i bezdušnom Zapadu — nego kao nešto svoje, kao rod u kući čorbadži-Zamfira. One ga i ne zovu drukče nego *čorbadžijo*, *'adžijo* ili *čičo*, ženu njegovu Tašanu *čorbadžike*, *'adžike* ili *strinke*, a njihovu mezimicu Zonu zvali su prosto *Zone*. Uopšte odnošaj je patrijarhalan i srdačan. Čorbadži-Zamfir, i ako je ponosit i silan u čaršiji i među Turcima i Srbima, ovde među njima je blag; gleda na njih onako, kako da kažem, kao na decu. Kad ponekad uđe u kujnu, da zapali čibuk, oslovi ih obično: „Ela, kerko Mado, turi si jedan, ama ubav, merdžan-ateš u lulu mi! Ajde, pa će ti poigram u svadbu! Hahaha!" smeje se čorbadžija, pa je uštine za one njene jedre i rumene obraze, ili je potapka po gojnim plećima — od kojih čisto hoće da prsne ono malo jeleče njeno. Biva da ponekad bane domaćica mu Tašana (od koje se čorbadži-Zamfir, i ako je tri paše surgunisao — ipak pribojavao pomalo); tada čorbadžija brzo uzme na se ozbiljan vid, pa kao da ništa nije ni bilo, brzo okrene razgovor, pa je savetuje i kao grdi pomalo i veli: „Će se udaš. Domaćica će staneš, obraz da čuvaš; zašto obraz tol'ko — i pokaže dva prsta širine! — Neje, ete, golema stvar, ama — i tu digne obrve i prst uvis i veli značajno — golem kapetal!” I kad se koja uda, on ni onda ne prekida svoje staranje, nego i onda razbira kako se koja vlada i obilazi ih ponekad; pa je možda to i dalo povoda besposlenom svetu, te je čak — kako tamo vele — „turio u pesmu” čorbadži-Zamfira i neku lepu Cvetu, pa i sada se još peva pesma:

Gospodar mi sedi na sandalija,
Gospodar mi pije ljuta raćija;
Gospodar mi zbori, Cveta ga dvori,
Gospodar se smije, Cveta se vije!

Čorbadži-Zamfir je čuo i znao za tu pesmu; nije se ni ljutio na nju. Možda zato, što je bio čovek meraklija i voleo pesmu. Voleo je da ga pesmom i bude i uspavljuju. Kad leti posle ručka prilegne na doksat, da se odmori i pridrema malo, voleo je da čuje tihu pesmu, i one su to znale i tiho bi tada zapevale:

Slavej-pile, ne poj rano,
Ne budi mi gospodara,
Sama ću ga probuditi!...

A kad bi ustao, potrčale bi odmah na doksat, da ga posluže. Jedna mu nosi na poslužavniku parče stambolskog ratloka, čašu studene vode i čašicu mastike, a druga legen i ibrik i tanak peškir. On bi se umio, obrisao ruke i lice, i malo — ali samo običaja radi — stenjao bi i ječao počešće. „Oj lele — stenje i mazi se čorbadži-Zamfir — kude je taj smrt, da me uzme u Goricu, da se ne mučim... pšeško živenje moje!...” Tužio bi se na težak i bedan ovaj život, pa bi se prihvatio ratloka i razgovarao se i šalio malo s njima, pitao bi ih: ima li što slađe od ratloka?

Jednom reči, vladao se potpuno gospodski, i bilo mu u konacima sve asli pašinski. Gde god čovek baci oko, svuda vidi samo gospodstvo. A tek unutra u kući, u predsoblju, šta sve čovek može da vidi! Tu silni legeni, ibrici, sahani, srebrni šavdani, tepsije i sinije po metar i po u prečniku, pa one ćase, mangali, i čega ti svega tu nije, i sve to srebrno ili bakarno pa kalajisano. Svakoga dana imaju dosta posla devojke, dok sve to izribaju, pa se sija po čorbadži-Zamfirovoj avliji, kao da su se sunca spustila i poređala dole po kaldrmi. A tek po odajama! Kakav raskoš i kakvo šarenilo! Ćilimi pirotski i ćiprovački, angorski tepisi i sanduci sedefski stambolski, puni svile i kadife; po duvarima oružje skupoceno, poklon od paša i bimbaša. Uza zid sa sve četiri strane niski minderluci. U svakoj odaji po jedno skupoceno srebrno kandilo gori uoči nedelje i praznika pred ikonom iz Rusije, koja je sva srebrom optočena, a tri kandila gore pred onom najvećom ikonom iz Jerusalima, što ju je doneo još nekad otac Zamfirov, kad je bio na hadžiluku, kud je poveo i svog desetogodišnjeg sina Zamfira, koji se danas stoga zove još i hadži-Zamfir.

Ali hadži-Zamfir imao je još jedno bogatstvo, imao je nešto što se ne može lako kupiti ni steći, nešto što sam Bog daruje čoveku, pa zato to svaki čorbadžija i nema. To je lepa ćerka njegova, njegova mezimica, to je mlada Zona, Zona Zamfirova. Sva su deca Zamfirova bila lepa, sve udate kćeri njegove kao žene ostaše lepe, ali je Zona ipak najlepša među njima bila. Imala oči kao kadifa, kosu kao svila, usne kao merdžan, zube kao biser, struk kao fidan, a sva je bila ono pravo „zlato materino". Ona je ta, na koju je svaki mislio, kad je zapevao onu pesmu *Sinoćke te, lele, vido', Zone*. More, pa ne samo tu pesmu nego i ma koju drugu pesmu, svaku pesmu, u kojoj se samo spominje devojka i ljubav, kad bi tada zapevali, mislili bi svi, uvek, samo na Zonu hadži-Zamfirovu. A ona je znala za to, pa kao svaka vanredno lepa a uz to još i bogata, bila je razmažena, pusta, nemilosrdna, gotovoreći demonska. Ko je nije znao i ko se nije za njom okrenuo, kad, ponosito kao paun, promine čaršijom?! Od pukovnika pa do narednika, od starog načelnika pa do ćosavog praktikanta, od majstora do šegrta — sve je to rado gledalo i uvek našlo tek nešto da se okrene i pogleda na onu stranu. I sam stari penzionovani predsednik suda, koga su mlađi činovnici među sobom zvali „mačor", i on bi se svaki put okrenuo za Zonom, a kad bi mu predbacili i dirali ga — on bi se branio, da mu nije ni do kakvog đavolstva, nego da mu se uvek nešto stegne oko srca; pada mu, veli, na um njegova Jelisaveta, koja bi sad isto tolika i istih tih godina bila!... Pa bi se opet okrenuo i gledao na onu stranu, kud bi prošla Zona u onoj njenoj zelenoj atlasnoj bundici i alevim šalvaricama, koje su za dva-tri prsta virile ispod žute satinske suknjice sa cvetićima. A nikad sama nije išla; uvek je oko nje bilo bar pola tuceta nekih tetaka i strina. Kad ide, ona se lomi u struku, sitno korača, a glavu izdiže i pruža je ponosno malo napred, kao vodena zmija kad izdigne glavu i brodi vodom.

Sva čaršija gleda za njom, i mimoprolazeći i oni što sede po ćepencima i šiju fustane i pamuklije; samo je pogledaju, mahnu glavom i grunu se u prsa i uzdahnu, pa šiju dalje. I sam Manasija — „čapkun-Mane" nazvan — kujundžija, koliko je puta — on, čapkun i nesrećnik, da mu je trebalo para tražiti! — koliko je puta, kad ona prođe, od sevdaluka tresnuo po divno izrađenoj tabakeri od čiste srme i slubio je, kad prođe Zona Zamfirova! A zatim bi batalio posao, primakao bi svoju tabakeru, napravio cigaru i puštao guste dimove i dugo i dugo zanet u misli gledao bi za njom čaršijom. Blenuo za njom i činilo mu se kao da je ostalo traga od nje; kao da vidi trag njen, dugu zelenu prugu od bundice i žutu od suknje i alevu od šalvara lepe i ponosite Zone Zamfirove.

GLAVA DRUGA

U njoj je opis Manasije kujundžije, poznatog i pod imenom čapkun-Mane ili Manča, koji je — i ako ova pripovetka ne nosi njegovo ime kao naslov — ipak nekako glavni junak ove pripovetke.

A ako se Zona ponosila, što se svet za njom okretao, mogla se, vala, ponositi, i te još kako, kad se za njom osvrne Mane kujundžija! Jer i isti taj Manasija bio je krasan mladić. Bilo mu je tako dvadeset dve ili tri godine. Vrlo je rano otpočeo radnju na svoju ruku. Otvorio je dućan pre nekoliko godina, ali ga je zatvorio, jer je morao u vojsku. Kad je odslužio rok, vratio se, i tada je po drugi put otvorio dućan. Bio je dobar majstor, ali siromah; pa ipak je bilo razlike između onog prvog i ovog drugog, docnije otvorenog dućana. Onaj prvi je bio manji i prazniji, a ovaj drugi veći i puniji. Onaj prvi nije imao ni vrata, nego samo ćepenak i majstor-Mane je preko ćepenka uskakao vanredno vešto. Dugim uskakanjem izveštio se do neverovatne lakoće, tako da je mogao još onako u letu, u skoku, skrstiti noge i odmah se i posaditi prekrštenih nogu kao Turčin, i sve je to, što bi naši stari pisci rekli, svršio u jednom okatrenuću. A pre toga bi sam počistio metlom ispred dućančića zadirkivajući devojke, koje se s česme sa stovnama vraćale, ili bi s onim komšijom preko sokaka razgovarao, a taj razgovor bio je za vodonoše kao ona Skila i Harivda za stare putnike. U dućan niko više nije mogao stati, zato u prvo vreme Mane nije držao ni šegrta, nego je sam samcit u njemu radio;

pazario je i pazio da ko što za vreme pazara ne predigne iz dućana. U njemu je pet dana radio a šestog, u subotnji, pazarni dan, pazario sa okolnim seljacima i ćurkastim seljankama i seljančicama koje se zagledaju u Mana — a bio je vrlo lep — pa i ne umeju odmah da kažu, za šta su došle i šta hoće!...

Kad je ovo po drugi put, posle vojske, otvorio dućan, i mušterija je prema dućanu mnogobrojnija bila nego pre. I on sad nije imao nužde da uskače na ćepenak, nego je ulazio na vrata dostojanstveno; zastane uvek malo na vratima i grdi mlađe, kaže kako se danas ne može čovek na mlađe osloniti, pa tek onda ulazi. Mane je sada uzeo i jednog šegrta, koji već pola godine dana — od poslednje slave Manine — kako ide bez kape, čupav i gologlav; jer još nikako ne može da se seti gde je izgubio kapu. A u mogućnosti je da drži i kalfu. Dućan mu pun, a porudžbina svaki dan. Nekada u onom malom dućančetu svom izrađivao je samo prosto prstenje, belenzuke, zvonca i medenice, i opravljao bataljene muštikle i olupane tabakere; a sada u ovom drugom izrađuje i bolje i skuplje stvari, kao: minđuše, zarfove, pafte, ukosnice, lančeve za sahate, i muštikle i tabakere od srebra i srme; ima i starih grčkih, rimskih i srpskih novaca, bavi se numizmatikom i stoga čak drži i arheološki list „Starinar".

Pa kao što je bio dobar majstor, tako je bio i lep momak. Crnomanjast, lepa velika oka, sastavljenih tankih obrva i tankih brčića. Već i po samoj svojoj prirodi i po zanatu svom kujundžijskom bio je otresit i pažljiv na odelo, a to je još više i pritvrdio služeći u vojsci i to, kao varoški sin, u kavaleriji. Nosio se lepo i radnim danom, a utoliko lepše nedeljom i praznikom. Kad obuče one njegove uske čakšire maslinove boje, a na grudi tanku žutu svilenu pamukliju, preko nje jelek i gunjče opet maslinove boje — a sve u silnom gajtanu — pa se pritegne trabolos-pojasom, za kojim mu je sahat o širokom srebrnom lancu, koji je Mane sam izradio, a na glavu kad nakrivi fes, šajkaču ili astragansku šubaru — kako već kad vreme zahteva — nije bilo ženskog čeljadeta, ni mlađeg ni starijeg, a da za njim ne pogleda! Mlađe zagledaju, krišom ispod oka, pa tek samo usitne, kad prođu ispred njega. A čine se, kao da ga i ne gledaju, nego gledaju pravo preda se i idu sitno, pravo i pažljivo, kao da prelaze preko kakvog brvna, preko potoka. A one starije i poznatije, one matrone što nose lagirane papuče i svilene čarape sa crvenim petama, one što kažu da ga vole kao svoje dete, one ga ne samo slobodnije gledaju, nego se i zaustave i razgovaraju s njim; a kad se praštaju, ne može čovek da sačeka kraja. Po nekoliko se puta rukuju i viču: „Aj' sa zdravje!", ali ne puštaju odmah ruku; drže ga duže za ruku i sve nađu po nekoga da pozdrave. „Pa pozdravi se na majku ti Jevdu!" pa ga poljube u čelo ili u obraz. I Mane poljubi u ruku, i taman da pođe, a njega opet zadrže, opet se rukuju i vele: „Pa pozdravi se na strinku Kevu!" pa opet rukovanje i ljubljenje; i on opet ljubi ih u ruku i izvlači svoju ruku, a one opet: „Pa pozdravi se, ete, i na tetku Doku!" pa ga opet ljube u obraz, tako da mora formalno da se otme i da beži. Tako žene; naprotiv, mnogi stariji ljudi nisu ga baš najradije gledali. Samo duhnu na nos. „Hm! Ja-ga, što je džimpir! Anasana!" reknu, kad Manča prođe kraj njih, pa se od silna čapkunluka lomi kad ide, a nakrivio fes na jedno oko. — „Eh, crna Jevdo — što rodi sina čapkuna!..."

Mlađe ga istina nisu mogle i smele ljubiti, ali su ga utoliko čežnjivije krišom gledale, naročito nedeljom, kad igra *oro* na ćošku Šefteli sokaka. Od sviju momaka on je najlepši bio a u kolu najbolji igrač, a prema sviračima najgalantniji. Uvek je stoparac davao, kad je vodio on kolo. Kad je u kolo dolazio, onda bi oblačio jedne kicoške plitke cipele sa visokim štiklama, a u svakoj štikli bio je, još kad se cipela gradila, vešto namešten po jedan praporac. Pa kad Mane zaigra i zaplete i zalupa nogama, zveče oni pusti praporci i silno diraju u srce sve igračice. Mane je najčešće vodio kolo. Samo pozove po jednu devojku, da s njom povede kolo. A ona se stidi, hoće od stida da proguta onu maramu koju je metnula na usta, i sva srećna pruža ruku Manu, pa igra s njim! Ne igra nego leti, kad Mane povede „Osamputku" ili „Potresuljku"! I samo oni praporci u Mančinim štiklama što kazuju, da igrači dodiruju zemlju i da se ipak na zemlji nalaze!...

A kao što je bio dobar igrač, tako je bio dobar i pevač, lovac, jahač i veseljak i za društvo čovek. Kad god bi svršio kakav posao i zaradio dobro, tada ne bi žalio ni vremena ni para, da se proveseli i prodžumbusi malo s društvom. A to je bilo onda, kad bi, na zadovoljstvo i svoje i mušterije, svršio kakvu malo krupniju porudžbinu, a takvih je, kako koji mesec, sve češće i sve krupnijih bivalo. Pročuo se majstor-Mane i sa krupnijih radova! Nekada se ponosio samo muštiklom koju je izvezao Ibiš-agi, ili tabakerom u gazda-Gana, ili srebrnim prstenom koji je napravio Videnu, kmetu velikovrtopskom. Slavan prsten, masivan prsten beše to, dugo se poznavao na ćati-Trajku! Kad ga je prilikom nekih partijskih razmirica i nesporazuma zvrcnuo kmet Viden, nosio je ćata tri nedelje od istog prstena čvorugu na čelu, pa izgledao s njom na čelu kao inorog. — A kakvo je samo srebrno kandilo izradio za Svetog Panteleja; pa srebrnu ručicu za ikonu Bogorodičinu u Divjanskom manastiru! I glas o veštome majstoru-Mani kujundžiji otišao je daleko po svetu, tako da je čak i za svetu Bogorodicu Ržansku izradio težak krst od srme... Posle svake takve na zadovoljstvo izvršene porudžbine, osećao je majstor-Mane potrebu da se malo poodmori. Tada bi uzeo tamburu i otišao u lojze, ili pušku, pa otišao malo u lov. Ili bi uzjahao konja, pa otišao čak do Vranja, do Koštane, pa bi uveče zaseo u kakvu malu kafanicu sa dobrim vinom, i u društvu se burno proveselio. Pio bi, a čočeci bi mu pevali i igrali i vili se pred njim do zore, a on ih, raspoložen pesmom, svirkom i igrom njihovom, bacao na krilo tako silno, da bi im papuče poletele čak u štukator, i lepio bi im stoparce i dinare i uveravao ih da prime: jer je ta para, kaže, „alal-para!" Zbog svega toga on je bio rado gledan od mlađeg sveta, ali mnogim roditeljima nije se dopadao pored sveg njegovog lepog zanata i zlatnih ruku njegovih; nije im se dopadao, što je lovac, binjedžija i veseljak — i tako je majstor-Mane od njih i dobio onaj nadimak: čapkun-Mane...

GLAVA TREĆA

Ona je pomalo i nastavak Glave druge. U njoj je dalje ispričan jedan moralan udar, koji je zadesio Mana — zajedno sa posledicama njegovim. U ovoj Glavi je, dalje, i rešenje familijarnog veća, koje je bilo sastavljeno iz dve strine i četiri tetke Mančine.

Kao što je Mane bio mali majstor, tako mu ni kuća nije bila velika. — Kuća mu je bila u Jeni-mahali. Mala, ali lepa bela kućica sa povećom baštom, sa doksatom, obraslim u ladoležu, hmelju i vinovoj lozi. Pred kućom puno šimšira, a među šimširovim drvećem jedan veliki stari šimšir, koji čak i hlada daje. Niko ne pamti, da je ikad manji i tanji bio; i sam ded Mančin pričao je da se još detetom igrao pod njim, i to pod tolikim istim! — Avlija je sva bila u cveću. Kao i svi na Istoku, i Mane i majka mu Jevdokija voleli su i negovali cveće. U kući je bilo i golubova i gugutki u korpama, povešanim ispod krova. Pa kad cveće zamiriše, a gugutke zaguču — orijentalac se svaki tada rado odaje tihim sanjarijama! Beše to kućica puna svega i svačega, a najviše topline (one topline koju ćete uzaman tražiti kod nas); kao i sve kuće u tim krajevima beše ona pravo toplo, skrovito i mirno gnezdance! Kuća nije imala prozora s ulice. Izgledala je kao bula s jašmakom i feredžom. S ulice je bio samo beo prost i jednosta-van zid, tako da ukućani nisu imali nikakve veze sa ulicom. Prozori sa ulica im nisu odvraćali pažnju porodice na svet što prolazi. I kad čovek uđe u takvu kućicu — on se oseti nekako više sam svoj; daleko od grada i vreve i tišme gradske, i on uživa u onoj prijatnoj tišini kućevnoj. — Osim kućice, Mane je imao i nešto zemlje; nekoliko njiva, i jedan veći vinograd radi grožđa i vina, i drugi mnogo manji radi teferiča, jer je bio na vanredno lepom mestu, imao hladnu studenu vodu, u blizini pevali slavuji, a tuda često prolazile na rad bosonoge devojčice s motikom na ramenu, te je to Mana utoliko češće vuklo u polje i zelenilo, i pravilo mu — kraj onih prirodnih lepota — teferič još prijatnijim.

A Mane je voleo da teferiči. Prostre ćilimče — koje bi doneo za njim Pote šegrt zajedno sa šišencetom mastike — zbaci plitke kondurice s nogu, sedne i uzme tamburu, pa zapeva onu svoju najmiliju pesmu:

Zelen zekir, drago moje!
Što mi, dragi, ne dolaziš?
Sinoć sam ti dolazija,
Po azbašče pošetaja,
Alov jaglak izgubija.
Ako mi ga, draga, nađeš,
Operi ga, prati mi ga
Po čiraka Spiridona! —
Oprala bi, drago moje!
Rakli-sapun nestanjuje,
Bistra voda presa'njuje,
Jasno slunce na zapadu! —
Operi ga, draga moja!
Tvoje ruke — rakli-sapun,
Tvoje oči — dva kladenca,
Tvoje lice — jasno slunce!...

Kad god bi Mane zapevao i ispevao tu pesmu, uvek bi — i ako je bio žustar i vredan majstor — uvek bi tada zažalio na sudbinu svoju i na uređenje u svetu: što je to Bog ostavio, da čovek baš mora raditi i u znoju lica svoga zarađivati hleb, kad, eto, od leventovanja lepšeg i lakšeg zanata nema!...

U leto zorom, još za rose, odlazio bi tamo, popio kafu, koju bi sam tamo na suhom granju pekao, naslušao bi se pesme ptičica i nadisao svežeg i mirisavog jutarnjeg vazduha, umio bi se jutarnjom rosom, pa bi se odatle, okrepljen i veseo, vraćao i otvarao dućan, i bio vrlo razgovoran i predusretljiv s mušterijama, koje su većinom bile mlade i devojke seljanke, tako pohlepne na minđuše, prstenje i manistre.

* * *

Ručao bi kako kad, nekad kod kuće a nekad — i to češće — bi mu se, naročito kad ima kakav veći posao, jelo u dućan donosilo; a kad je što bolje zgotovljeno, išao bi Mane kući i ručao s majkom. — Jevda, majka Manina, bila je još lepa i drzeća žena, još ispod četrdeset godina. Ostala je rano udovica. Imala je muža kojega je volela i obožavala, jer je i telom i dušom bio lepota od čoveka. A i sam epitet — upravo epiteti — svedoče to. U čaršiji je imao nekoliko epiteta: *čelebi-Đorđija, dilber-Đorđija, ašik-Đorđija*. Jahao je dobra hata, nosio lepo odelo; nije se bojao Turaka, i važio je kao srećan i drzak krijumčar; prenosio je so, barut, knjige i druge poverljive stvari iz Srbije. Izvan kuće je bio ponosit, a u kući nežan. Oplakala ga je i iskreno ožalila Jevda i žali za njim evo već petnaest godina. Javljale su joj se prilike, dobre prilike, ali se ona ne htede udavati; jer nijedan od tih što je prošahu nije bio ni prineti njenom čelebi-Đorđiji. A već i sami im nadimci kazivahu to; behu to sve neka imena budi bog s nama! — Neki Tane „Domaćica", neki Vane „Jagurida", neki Gane

„Majkina dušica" — i sve tako neka imena! — Dobri ljudi, lepe prilike — ali pri svem tom, ipak bedni izgledahu prema pokojnom Đorđiji, ocu Maninom. I tako Jevda ostade udovica i posveti se sva negovanju i vaspitanju sina svoga, koji je bio sušta slika i prilika svoga oca. Ona je lebdela nad njim; svaka najmanja potreba bila je odmah ispunjena. Ona je čisto umela sinu i misli njegove pogoditi; čim bi samo pomislio i u sebi zaželeo nešto — majka bi mu pogodila šta želi i misli — i ispunila mu već!

***

I kod tako lepog života i slaganja, kako je moralo biti Jevdi, majci Maninoj, kad je čula da joj napadaju sina u jednim novinama; i kad radi toga Mane postade prgav, pa svaki čas dolažaše u sukob s majkom, koju je dotle uvek najnežnije oslovljavao.

— Jevdokijo, crna druške Jevdo, tvojega ti Manču, ete, turiše u novine!... — tim rečima je pozdravi jedno jutro komšika njena Taska.

— Tugo-o-o! — viknu Jevda preplašeno. — A za što ga turiše! Neje činovnik, ta da se karaju?!

— A koj znaje! Ama *ništo*, strinke, naprajiše odi momče!... I čočeci i čengije turiše na kup sas njega u novine. Lele-e!! Sram da me izede; em što sam sal komšika — pa iska sram i rezilak da me izede! Četi si svet — pa se smeje!

I doista beše izišla jedna poduža beleška o majstoru Manasiji (reč: *majstor* beše pod navodnicama) gde se napada na njega: da nije nikakav majstor i da ne trebaju svete crkve da poručuju kod njega crkvene utvari i sosude — jer on zaradu tu upropašćuje s muhamedancima, našim najvećim neprijateljima, neprijateljima sviju naših svetinja! Beleška je bila poduža, pakosna i zajedljiva. A potekla je od jednog kujundžije došljaka, kome posao nije išao najbolje; ili, upravo, išao je posao, ali on nije bio zadovoljan zaradom.

Priznavao je da mu je Mane opasan konkurent, kad se uzme u vid njegov kućevni trošak i kafanski džeparac. Zato je našao nekog advokata budžakliju i zamolio ga da se zauzme, reče, za pravednu stvar i da mu napiše za novine.

— Oni nama prosto ne daju da živimo! — tužio se taj gospodin advokatu. — Oni žive — budite bog s nama! Ništa ne kupuju na pijaci!... Kad si ih video u parku, da se šetaju ko drugi ljudi Jevropejci; da izvedu žene, ili sestre, ili recimo, svastike?!... Ili uveče na koncerte da dođu?!... Jok, brate. „Mi će si u lojze iskočimo!" Pa ponesu i šta će da pojedu i šta će da popiju; niko pare njihove ne vide! A ja sam svetski čovek; ja hoću dobro da pojedem, pa, brate, i da popijem hoću... Kod mene malo koji dan da nema supe, a oni praziluk i na prvi dan Božića... S takim svetom ne može da se izdrži konkurencija. Pa ja onda treba da kradem srmu i srebro — pa da mogu konkurisati s njima... A meni otpadali nokti na Gorici; to jest, nije baš meni — ali isto ko da je i meni!... Pa, molim te, ujduriši ti to; a ja znam, šta je pravo...

— Ne brigaj ti! — rekao mu advokat pružajući kelneru čašu i pitajući ga, koja je. — Ti pamti... Je l' sedma? Dobro... Kad ti kažeš, verujem. Ja ću da pijem, a ti pamti, pa naplati! Naplati, brate! — A zatim se okrene klijentu, pa nastavi: — Ne brigaj ti — reče skidajući šešir, jer mu se glava čisto pušila od piva. — Znaš li, bre, kako ću da ga potkupim!? More, ni pas s maslom neće ga moći pojesti!...

I održa reč! — Napisa tako, da je sve brujalo po gradu. Čitali su i prijatelji i neprijatelji Manini; oni ga žalili i zamerali mu i zataškavali „bruku", ovi likovali i širili dalje taj glas. — Mane je bio kao lud nekoliko dana. Nije se on navikao na takve stvari, nije bio činovnik, pa da je oguglao i da može tako lako progutati i svariti tu stvar kao drugi, civilizovan, svet! Bio je besan. Turio je kamu za pojas i gotov bio na svašta; ali nikako nije mogao da dozna: ko je to napisao, pored sveg traganja i raspitivanja, a po potpisu se nije znao ni mogao upravljati, jer je na svršetku ovog pakosnog napisa kao potpis stajalo samo: „Jedan veran sin naše svete pravoslavne crkve". — I morao je najzad i Mane pribeći peru i pisanju, tom novom oružju, kako kažu, i napisati jednu ispravku. Ispravku mu je napisao baš onaj isti advokat budžaklija, koji je i neprijatelju njegovom napisao napad na njega!...

***

U kući Mana kujundžije nesreća. Ona lepa idilska tišina pretvori se u paklenu dosadu. Jevda kao ubijena, a Mane zlovoljan. Jevda nikud ne izlazi, a Mane opet slabije preko dan dolazi kući; a i kad dođe, bolje da ne dođe, jer je prgav i džandrljiv. Svačemu mahniše, ništa mu se ne dopada kao pre; ni jelo mu nije zgotovljeno kao što treba, ni postelja mu nije nameštena po volji, ni košulja mu nije oprana i upeglana, kao što bi on hteo. Svaki čas sukob s majkom, prema kojoj je dotle uvek poslušan i osobito pažljiv bio. A Jevda ćuti, trpi, i plače krišom. I to je tako trajalo nekoliko dana, teških i crnih dana, a zatim, malo-pomalo, pa se smirilo i utišalo. Tek onda poče majka poizdalje nagoveštavati Manu: da bi već trebalo da joj nađe „odmenu", jer ona je, veli, već ostarela.

— Dođe si drugi zeman; zastupi drugi red i adet — govorila bi mu Jevda. — Traži si, dete, priliku sproti teb'; a naše starovremsko — beše veće!... Što da te turaju u novine!? Što da si gubiš mlados' i lepotiju po mejane i kafane sas one rospije, nikakve vere!... Ta da te turaju u novine i da te čete po mahale i po čaršije!? Zašto, Mane, dete moje? U zem da propadnem, odi sram i rezilak! Živa ti ja! Uzmi si, dovedi si dom nevestu! Pogle kol'ki čovek stade! Tatko ti Đorđija beše u Kotine godine, kad me dovede u kuću si! E zašto da ti propada vek?!...

Tako je Jevda govorila sinu. Malo koji dan da mu nije čitala i govorila. I Mane joj reče da je to i njegova davnašnja želja. Obeća joj da će uraditi onako, kako ona želi.

I tako je taj ispad u novinama imao za posledicu, da se učinio taj prekret u životu Maninom. Uostalom, i bez toga ne bi se dugo čekalo na to, jer tamo, na Istoku, ranije se i sazreva a ranije i stari. Čim devojče počne da grize donju usnu i terzija joj počne da meri i šije fustane — ona je za udaju; a dečak, čim počne da krivi noge i nakrivljuje fes na jedno oko, i da gleda vrhove od cipela — on je već za ženidbu!... Čim otvori dućan, odmah oseća da mu treba i domaćica. A i svi mu povlađuju, svi ga hvale da je dobra prilika i vele: „More, pa ima si čovek i dućan!" i ako je tom čoveku tek osamnaest godina, a dućan mu malo veći od većeg putničkog sanduka. — Takav je tamo običaj. Jer čim neko ima samo malo veće brkove, već ga zovu i same udavače *čiča*, a ako još pusti i bradu, njega svi zovu *pope* ili *dedo*, pa ma koliko se on na to ljutio. A kad prolazi mahalom sav ženski svet, i žene i babe, odaju mu čest: ustaju s pragova avlijskih vrata i ostaju tako stojeći — sa malo pognutom glavom i rukama pod pasom — sve dok on ne prođe!... — Zato, hteo ne hteo, mora — da se ženi, jer ga sve goni — i komšiluk i čaršija i kuća i rodbina. Rodbina tek samo povede reč pred njim o njemu: „More, 'oće, ete, da ga ženimo!" A on obori glavu, gleda u stranu, stidi se — ali ne poriče, niti se brani. Uopšte kod te srednje klase sa ženidbom ide mnogo brže i lakše nego kod onih viših, bogatijih i učenijih. Ali zato i nema tu onih silnih matorih momaka, koji se tuže na vlažno vreme i na rđavu kujnu, niti onih silnih zlovoljnih matorih devojaka, što mirišu na kamfor i nose pamuk u ušima. — Ne, ovde nikad dotle ne sme, i ne može, da dođe!...

Tek spopadnu čoveka koji nije ni u snu snio, i ni nakraj pameti mu bilo da se ženi, i navale na njega sa sviju strana: da se ženi! Kao nestašna deca kad metnu konjsku muvu magarcu u uvo, pa ga time silno uznemire, te se, jadnik, uzaman baca nogama, stresa tovar i samar, ali mu sve to ništa ne pomaže — tako i ovome samo puste u uši misao o ženidbi i ženici — i vi sutra lepo ne možete više da poznate onog jučerašnjeg sređenog, mirnog i zadovoljnog čoveka! — Tek mu kažu: „More, onaj *čovek* mnogo se nešto raspituje za tebe!" — „Koji čovek?" — „Pa, onaj, de... u suknji; iz jučerašnjeg društva!" — A on se seća, smeši se i kaže da ga se to baš ništa ne tiče, a obično završi: „Pa šta kaže, boga ti?" — „Kaže: da joj se dopadaš". — „Slave ti?" — „Zdravlja mi!" — „Pa šta kaže još?" — „Kaže da joj izgledaš gord, i veli: Šta čekaš? Valjda se još nije ta srećna, ta tvoja buduća, rodila? Ili, veli, valjda tražiš mnogo para!" — „Zdravlja ti? *To* baš kaže?" — „Ama, molim te, ni reči!" veli onaj tajanstveno. „Molila me, da ti ništa o tome ne kažem!?" — „Ih, bolan brate!" veli onaj i sada samo misli o tome i ni o čemu drugom. Nalazi da mu je život pust, da nema nege dovoljno. Pomišlja čak i na starost i bolest, koja može naići: pa ko će ga tako svesrdno moći dvoriti, ako ne žena, ta verna drugarica i saputnica čovekova, i on oseća da ne može više ovako ostati! Ukratko, čudi se kako to i može i jednog dana biti bez „domaćice"! Nalazi da je to najlepša ženska i da prosto ne može bez nje; ona je samo za njega stvorena a on za nju! I jedan doticaj kolenima ispod stola, i jedno *ti* koje mu ona prvi put izrekne — privuku ga i pritegnu silno njoj, kao najjači konopci i lanci („ružični" naravno)! I ne prođe mnogo, a svet ga vidi, lepo izbrijana sa podbrijanim vratom, omirisana berberskom sapunjavicom, gde dostojanstveno — okružen nekim tetkama i strinama — gega u proševinu, a uši mu se crvene od teška stida.

Nešto tako moglo se očekivati i u ovoj prilici kod Mana kujundžije. O toj stvari je već nekoliko dana mislila najozbiljnije Manina majka Jevdokija, pa je naposletku i sazvala jedno veće, familijarno veće od rodbine, već postarijih žena.

I one se odazvaše i dođoše. Dođe i tetka Dika i tetka Kara, i strinka Paraškeva i druga strinka, Nikoleta, i tetka Ruška, koju su svi smatrali za rod, a niko nije znao da kaže, kako im je rod. Manina majka im kaže zašto ih je zvala. Ispriča im šta ju je nagnalo da ubrza stvar; ispriča im o novinama i o onom reziluku, i kaže im da ozbiljno hoće svoga Mana da ženi. Pita ih šta one misle. Svaka je govorila i svaka se redovno bestraga daleko udaljila od same stvari i otišla na deseto; svaka je bila opomenuta da se ne udaljuje, nego neka se drži same stvari, i svaka se našla uvređena i dizala se, da ide, pa svaka opet ostajala. Ali sve skupa ipak složne behu u tome: da Manča treba već da se ženi, i da one sve složno treba da legnu na posao, pa da mu traže priliku. I kada banu, i nezvana, i dođe još jedna, četvrta tetka, neka tetka Doka, sa rukama preko trbuha, i zapita ih: šta su se skupile? reče joj važnim i ozbiljnim glasom strinka Paraškeva:

— Zbrasmo se, strinke Doke, ’oćemo, ete, da ženimo onoj naše magare!...

GLAVA ČETVRTA

U njoj je ispričano jedno familijarno veće, na kome je utvrđen spisak kandidatkinja, to jest devojaka za udaju, ili još bolje, devojaka od kojih jednu treba sebi za saputnicu u životu da izabere majstor-Mane kujundžija.

Nekoliko dana docnije, a kod Jevde se opet skupljaju na novo familijarno veće. Svaki čas tek zaklaparaju nalune ili papuče preko kaldrmisane avlije, i jedna po jedna strina ili tetka dolazi, sa rukama pod pazuvima. Skupljaju se, i tu su već na okupu sve tetke i strinke, tu: Dika, Kara, Ruška, Paraškeva, i Nikoleta, i Doka. Sve su one došle na poziv Jevdin, samo najmlađa, tetka Doka, došla je, kao i uvek, nezvana. Bila je to još lepa i jedra žena, malo čudnih manira. Često se zaboravi, pa zviždi sokakom. Nju su obično uvek izbegavali; niti su je pozivali k sebi u kuću, niti su je vodili, kad su kuda išli. A ako su je baš kadgod i poveli — to je uvek bilo posle dužeg svađanja i pogađanja oko postavljenih uslova, na koje je uslove Doka teško pristajala. Jer Doka je bila vrlo nezgodna; uvek bi ponešto lupila, i ako je niko pitao nije, i često bi time društvo u nepriliku dovodila. A imala je običaj da ono što kaže, uporno brani, pa i da se potuče; jer je bila poznata kao ubojica. Zato su je izbegavali, a kad je se nisu mogli otresti, nego su je morali povesti — vodili su je samo pod tim uslovom: da ništa, ni reči, ne sme progovoriti. Redovno se tada morala zakleti u svoje oči i u život svoga muža Sotiraća — koga se ona, uzgred budi rečeno, vrlo malo bojala — da neće ni usta otvoriti! No, uostalom, sve to izbegavanje nju je malo bunilo, a onima je malo pomoglo. Jer Doka je uvek umela nekako lako i vešto da namiriše, gde je dobro društvo, bilo po kakvom mirisu od pržene kafe, ili po zvuku od cvrčanja na tavici, bilo naposletku po papučama i nalunama, poređanim ispred nekih vrata — što je za nju uvek bio najbolji i najnesumnjiviji znak i dokaz, da tu ima društva, i da će biti kafe i jeglena.

Četiri tetke i dve strine Manine posedale po minderlucima unaokolo i sve srču kafu, a poneke i zadimanile kao muško. Tetka Doka pije i kafu i mastiku i uz to puši kao Turčin.

Srču kafu i razgovaraju o udavačama, za koje su našle, da bi mogle biti prilika za njihovog Manču.

Poče strinka Paraškeva:

— U Madine, ete, tam' sproti Zelenu češmu, kakvo devojče iskoči — pusta ne ostala!... Onakvu lepotinju veće u moj vek — a ja sam si žena ubavačko stara — jošte ne vido'... Fruzina gu, ete, ime...

— Mori, zar ona si je jedna! — prihvati tetka Ruška. — U Jordana Kaltagdžije dom — što si procafte devojčence, ete, ono Timče... Kako zambak t'nka! Da ostade jošte turcko — ćaše, dve mi oči, zaradi njuma zulum da se napraji na veru ni!... E, što mu, Jevdo, ne zboriš, ete, za njuma?

— E, što da činim?! — veli Manina majka. — Zašto da mu zborim? Što da ga karam? Karanje nema! U vojsku teraju sas zor, a u ženidbu — jok!

— Eli je, zar, u Beograd begenisuvaja kakvu maznu Beograđanku — ta mu sag ove naše nesu prilika?! — umeša se tetka Doka, ali ne dobi odgovora ni od jedne iz veća.

Spomenuše još nekoliko njih. Spomenuše Diku Grnčarsku, Lenče Kubedžijsko, Done Češmendžijsko i Zone Stavrino i Jone Mamino. Sve su to i lepe i poštene devojke i radene devojke. Cele nedelje rade u kući, u nedelju u svilenim fustanima u kolo, a u ponedeljak zavrgnu motiku preko ramena, pa pevajući *Zelen zekir, drago moje,* idu u polje, u njivu ili u vinograd... Sve su to bile lepe prilike za Manču. Priznaje to Jevda, i kaže da će govoriti Manči, sinu svom.

— Da zboriš, Jevdo — reče joj tetka Doka. — Da mu zboriš, em poviše da mu zboriš za tija devojčiki! Što da si sedi neženat, ta da si gubi vek i godine?! Derviš li je, kaluger li je — ta da si samotuje?! I ja mu zborešem, ama me ič ne sluša!... „Ajde, vika mi on, ćuti si, Doke! Tebe ti lasno, reče; ti si misliš da se sag lasno može da oženi — da mi je men', reče, lasno nevestu da nađem, kako teb' što je lasno šišence rakijke da si pijneš!... Bećarl'k džibi sultanl'k olmaz", reče, i tol'ko! Ne 'tede više, kuče, ni da si zbori s mene, a i ja ga — kad vido' što je brljiv — batali!... A što pa ima devojčiki, što su pristasali za udavanje — paša, pa da g'im ne maniše! Em kol'ko gi milo da se udadnu, i tol'ko gi jošte dvaput pomilo za našega Manču, od kad se, ete, vrnu iz vojsku iz Beograd!... O, Bož'ke! Kol'ku mi čes' čine i davaju devojčiki, a sve zaradi tvojega Manču! Ubavo si vidim, demek, zašto je toj! Preko čaršiju trče, ta da me u ruke celuju, „živo-zdravo" mi reknu... sal što se sramuju da za Manču, ete, pituju... A iz oči gi, ete, toj četim!... A ja si veće ubavo znajem, zaradi koga mi taj čes' čine. Neknja si beja u amam, a tuj si u amam beoše i one, ete, ta Dika Grnčarska, Gena Krivokapska i Lenče ono Kubedžijsko. Beše tu i ono Zone Zamfirovo; ama ono si, kako čorbadžijsko, beše sa svoji; ne banjaše se ni pa zboreše sas oveja. A ove — ama znaš kako mi čes' davaju, kako mi lackaju! „Strinke, strinke, mori! Eve ti moj sapun!" vika jedna; „Uzni si, strinke Doke, moj sapun, kirid-sapun je!" vika pa druga. Bož'ke! Da se polome služejeći me!... A ja si sedim, pa, kako pašina majka, primam si čes' i od jednu i od drugu — ama si mislim u moj pamet: „A ripčiki! Da se istepate vi za toj, vikam; ja, ako sam si žena prosta, ubavo si znajem, dek neje zaradi men' toj". Pa si zborim u pamet: „Bož'ke, koja će mi sag bidne snajka u ovej poklade!?..." A lepe, pa ubave što su — lelee, Jevdo, oči da si ne skineš sas nji'! Ja gi sal gledam pa si seirim! A tuj pri men’ si sedi’ an’ma na Imer-agu, pa reče: „Vide li, Doke, što je, reče, ubavo ovoj Zone Adžijsko; pa bela kako zambak, a oči gu kako badem, a grlo kako fildiš, a usta gu, reče, kako merdžan-ateš!... Eh, reče, pusta, reče, vera što ni smiće i na nas i na vas — a keif mi, reče, da gu uznem, ete, za mojega Halila!...” I istin’ zboreše žena! A ja gu teke tagaj toprv pogleda malko bolje Zonu. Pa kad gu vido’ onu njojnu t’nku snagu, pa one njojne puste kose, pa one bele, cvrste grudi, kako dva fildžana — pa ono njojno devojačko sramuvanje!! Lele, tugoo!! — viknu Doka, pa se zavali onako bećarski i raspali cigaru, srknu iz fildžana, pa nastavi: — A men’ mi dođe nešto žal, pa si zborim u pamet: „Eh, crna Doke, pusti tvoj k’smet!... Što nesam bećar; ta da gu eli uznem eli otnem od tatka gu” — tol’ko što je lepotinja!...

— ’Adje ćuti si, nesrećo! — obrecnu se Jevda na nju. — Neje te ni sram?!... Kako zboriš to?!...

— Eto što?!... čudi se i brani Doka. — Što si lošo zborim?... Ako si prajim kef, belkim sas *usta* si prajim; ništo, ete, lošo ne napraji!... — reče i ispi opet jednu čašicu mastike, pa dodade: — Ako iskaš, Jevdo, ete, sve da ti gi zberem jedan dan na kup u amam — ta da gledaš i seiriš i biraš, ete, za tvojega Manču, pa da ti, kako i men’, dođe žal i krivo — što nesi *ti* Manča!

— Ih — graknuše neke — što je brljivo! Neje te ni sram! Pi, kakvo zborenje! Idi si dom! Nesrećo bećarska!... Dom da si ideš! — povikaše i skočiše sve na nju. — Koj te je zvaja!?... ’Aj’ si dom!...

— Koj da si ide dom?! Ja li?! — planu Doka i skide jednu papuču i steže je. — Ruška nek’ si iskoči! Kakva mu je ona tetka!?... A kad bude ništo zort; ja ću se tepam i karam zaradi našega Manču — a vi jok!!...

— Ja-gu, što si zbori! — kara je Paraškeva, a spustila glas malo od straha. — Esnafska žena — pa kakva si je!... Kad ćeš si, mori, Doke, crna Doke, ete, pamet da spečališ?! Toj li je zborenje?! Neje te ni sram odi ovoj čupe? — reče i pokaza na izmećarku Denu, kojoj odmah zatim dade očima znak: da pokupi fildžane i rakijske čašice i šišence s mastikom, kojom se — češće od sviju — posluživala tetka Doka, dok je pričala slike iz hamama — pa da sve to iznese napolje. A to je sasvim umesno bilo, jer ako i dalje ostane to tu pri ruci tetka Doki — ko zna šta sve može lupiti i ispričati (pa i potući se s nekom!) tetka Doka, kojoj su fes i šamija došli već malo više nakrivo, i tako izdavali njeno raspoloženje!

A zatim se podigoše sve s minderluka, Dena im već okrenula nalune i papuče ka avliji, i ove ponovo, onako stojeći, još jedared izređaše imena devojaka, koje treba Jevda da spomene i da ih pohvali pred sinom Mančom.

— Ama s men' u amam da iskočiš — salete je Doka — da seiriš i da vidiš jednu ubavinju i lepotiju odi devojčiki!... Mori, u pašine saraje, pa bi iskočile i tam' pomeđu tri teste Đurđijanke i Stambolijke potakve; iskočile bi i tam' najlepe i najubave!...

— De-de! Lasno za toj, mori, Doke! Će iskočimo jedanput! — veli Jevda, samo da je skine s vrata. — A sag, idi si pa legni; prespij si malko, Doke...

— Ete, toj Zone Čorbadžijsko da vidiš sal!... — veli joj Doka izlazeći. — Ja ću si razberem, kad će Adžijski u amam, pa da si odemo ja i ti; a ja ću platim amam i za men' i za teb' — sal onoj Zone Adžijsko da vidiš i ti da seiriš, pa... ako što nesi muško...

GLAVA PETA

Ona je upravo kao neka epizoda. Kao epizoda uzeta, ona je, istina, malo poduža, ali, uzeta kao roman, ona je ipak kratka; jer ona i nije upravo ništa drugo nego jedan kratak senzacioni — ali za roditelje vrlo poučitelan — roman, u kome su junaci: mladi Mitanče Petrakijev i neka Švabica Hermina... Sve ovo moralo se ispričati, da vide čitaoci pred kakvim je ambisom vrlo lako mogao biti i naš junak Mana kujundžija.

Po rešenju familijarnog veća, Jevda uze preda se jednoga dana sina Manču. I pošto je ženidba u načelu bila već svršena stvar — razgovaraše sad o njoj onako u pojedinostima. Jevda mu spomenu i izređa imena sviju devojaka. Spomenu mu Fruzinu Madinu, kako je vredna, krotka i lepa, i dodade da nije ni čudo, kad joj je tatko Grk iz Filibe; zatim mu spomenu Timku Jordana Kaltagdžije, pohvali je kako je zdrava — „kako mečka", reče Jevda — kako lepo tka i vodi sav domazluk; Diku Grnčarsku nagovesti mu i reče za nju vrlo mnogo lepih stvari, kako je zdrava, vita stasa, „kako se, kad ide čaršijom, sramuje, kako i prilega na devojče", kako je poslušna i kako ima lepo grlo, kad zapeva *Zapevalo bulbul-pile, misli zora je!* Lenče Kubedžijsko, Zone Stavrino, Jone Mamino i Genu Krivokapsku — sve ih spomenu, o svakoj reče što se dobroga moglo reći, i zapita ga: šta on misli?

Mane je ćutao. A kad mati navali na nj, on joj reče da nije to baš tako hitno.

— More, Mančo, sine, dokle će si momak?! — veli mu mati. — Snaju da mi dovedeš u dom, da mi hizmet čini, ta da se i ja malko odmorim... Lasno li je men', da ja, u ovej moje godine, mesim 'leb i got'vim ručak i za teb' i za momci i čiraci tvoji?!... (Čitaocima je poznato da u Mančinom dućanu nije bilo, sem Kote i Pote, nikakvih drugih momaka i čiraka — ali to je sujeta majstorske majke, što je tako rekla!)

— Pa će se ženim, nane, ti ič brigu da ne bereš! — umiruje je Mane. — Za men' lasno; teke za teb' iskam da ti bidne ubavo! Zašto da uznem niku, a ona da ti čes' ne odava — biva li, a?...

— More će mi odavaju čes', za toj brigu da nemaš. Ja već i sag jošte vidim što me počituju... Ete, izberi si jednu odi tija što gi ti kaza otoičke... Koju iskaš, a men' će bidne pravo... Sve su si ubave...

— Eh! — odmahnu Mane rukom. — Ta što ako su ubave! One li su sal ubave? Ima vreme!...

— Mori, Mančo, pobrgo raboti! Zašto će gi pograbe čorbadžijski sinovi, kako čaršilije, ete, vruće mekike sabajle — pa što će tag da činiš?!...

— Ama, de, javaš, nane! — smeje se Mane. — „Što će da činim?”... Pa ću si uznem jednu! Što mi ti pa sag tol'ko zboriš, kako da do godinu neće pa da iskoče novi devojčiki, i jošte može poubavi i pokrotki devojčiki da bidnu odi ovija ovogodišnji...

— Ama, ja veće vido' moj k'smet i sreću moju sas teb'!... — veli mu mati ljutito. — Mane, Mane, majka ti ne plakala! Što misliš? Ja sam si prosta žena, pa se ič ne razbiram i ne znajem ovoj sagašnje?!... Stra' me, što ćeš sas men' da naprajiš rezilak, kako onaj tvoj Mitko čorbadži-Petraćov, što napraji rezil sas majku i tatka mu!...

— Što će načinim?! Ajde i ti pa, nane, kako si toj pa zboriš!? — reče prekidajući razgovor. A zatim metnu šubaru na glavu i ode ljutito.

— Neje bez ništo! — reče Jevda posle dužeg razmišljanja. — Tugoo, ako je begenisuvaja niku belosvetsku — u Nišavu ću, ete, da ripim!...

Dugo je sedela tako na minderluku u jednom ćošku od sobe, i mislila. Šta sve nije pomislila. Branila se od tih mnogih i svakojakih misli. — Lele tugooo! Istin' rekoše koji kazaše: „Da ne dava Gospod na dete što mu majka pomisli!" Ete i s men' i Manču mi alis ta si je sag rabota! Može da i neće bidne baš tako lošo! Done! Done, mori! Done, nesrećo selska! — viknu Jevda i zovnu izmećarku.

— Što iskaš, strinke?

— Poskoči, dete, do čorbadži-Tasu i rekni: „Vika te strinka Jevda; iskočila, rekni, golema rabota! Ama brgo, rekni, da dođeš!..."

***

Ne prođe mnogo, a evo čorbadži-Tase. Bio je podalji rođak, padao joj kao neki dever, a ona njemu kao snaja. Na njega se Jevda obraćala uvek, kad je u nevolji kakvoj bila, i tražila pametna saveta; njega bi pozivala, i on se odmah rado odazivao kao i svaki rođak, ali kanda je malo, onako potajno, i uzdisao za Jevdom, i to godinama beznadežno uzdisao. Počeo je, dok je još devojka bila, i još nije prestao uzdisati; ali o tim uzdisajima naravno da Jevda nije smela ništa znati...

— Što iskaš, snajke-Jevdo? — zapita je Tasa. — Što ti trebam?

— Pozva' te, bata-Tasko, imam si, ete, golemu muku da ti reknem... Ono moje brljivo dete... Manča de... iskam da ga ženim, a on se, ete, rita, kako magare, kad si neće šamaricu na grbinu... E, kakvo je toj sag zastupilo, Bog da čuva!... Ni se tatko ni se pa majka sluša! Što je ovoj? Batisa ni se sve; sve se batisa, bata-Tače!... E, kako to?... Niki me ič ne pituje, a belkim sam majka!...

— E! — uzdahnu Tasko — toj si je, Jevdo, naš k'smet... Kad beomo deca, niki nas, ni tatko ni majka ni, ne pita: 'oćemo li eli nećemo; a sag, kad sami stadomo „tatko" i „majka" — sag nas *pa* ne pituju naša deca!... Predi nas naši *stareji* nas ne pitaše; a sag nas pa naša *deca* ne pituju! — Toj ti je, Jevdo, što kaza', otoičke, naš k'smet!...

— Ama, bata-Tasko, neje mi men' muka ni stra' za toj! Neje, dve mi oči! Ako, što neće da me pituje; ako, bata-Tasko! Ta što da mi je pa za toj! Drugo zastupi sag! Srbija!... Srbija slobodija!... Ako za toj? Nek' si ne pita, nek' si izbere što si miluje. Ete, i moj pokojni Đorđija ne pita mnogo, veće reče na tatka mi: „Ako gu ne davate sas alal, ete, Jevdu vašu — a ja ću gu ugrabim; a Srbija, vika, i plot neje daleko!" Ama stra' me, da ne uzne niku belosvetsku...

— E, aškoljs'n za taj reč! Toj me i men' stra', Jevdo! — odobrava čorbadži-Tasko. — Batisa ni se sve, snajke Jevdo! Sve ni batisaše: i varoš, i čaršiju, i selo, i crkvu, i kuću, i stari adet, i stari čes', i staro živuvanje — sve ni, bre brate, batisaše jabandžije!... Ovoj kakoj će da mu bidne, koj će da znaje!... A Bog da čuva! Mnogo lošo, Boga mi ti kazujem!...

Jevda uzdahnu i odobravaše glavom, pa dodade:

— Minu staro vreme — beše mu, bata-Tasko!...

A bata-Tasko uzdahnu i prihvati:

— U staro vreme se znalo, bre brate, koj je stareji, koj mlađi; koj je golemaš, a koj si je pa fukara!... Mlađi odavaše čes' na stareji svoji. Kad si tatko sedi, sin mu stoji; kad si tatko praji cigaru, sin si već čeka sas mašice i žar; kad si tatko zbori, sin si ćuti, sluša, ne sme da zbori! Pa se znalo, bre brate, kad je dan, a kad si je pa noć! Po-za domaćina smejaše li koj da ulegne u kuću!? A si domaćin dođe, a izmećarka si turi čiviju na portu — i svršena rabota! Nema veće niko da ulegne na portu!... Nema docna kući dolazenje! A sag?... Pamtim u onoj vreme, u godinu jedan put eli dva put ako si iskočim poradi, ete, nekuj poslu u čaršiju. Pa eli uznem po-za seb' izmećarče, eli si sam uznem fener, okačim ga na čibuče eli na pule odi džube — pa si prolazim mirno pokraj turcki karakol... Ne sam, bre brate, džimpir eli kačak, eli kumita — ta da si brez fener idem preko sokak!... A sag!... Sudija, bre brate, činovnik, eli prisednik suda, drt čovek, bela glava, bre brate; ima si zetovi i unučiki — pa si prolazi, pa ni ima po-za seb' izmećara, ni fener, ni bastun, veće prolazi — da prošćavaš — kako niki mačor, kad si ostavi mutvak, ta se digne i zaredi po ma'alu na niko rđavstvo. Boga mi ti kazujem!...

— Lošo vreme zastupi! Sedi si, bata-Tače!... — veli Jevda, i nudi ga. — Ako li jedno kafence?... Done, mori, Done! Ela ispeci ni dve kafe!...

A gazda Tače sede i poče:

— Ete sag mi, Jevdo, dođe ništo u pamet, i priseti' se da ti kažem... Neknja si zborim ništo sas onoga mojega komšiju, čorbadži-Petrakija. More, ima si čovek golemu muku sas onoga njegovoga Mitku. Pričaše mi čovek sve... Sal što ne plače, kol'ko mu žal dođe i teško!

— E, e! Tuj mi se uvrte — reče Jevda i pokaza čelo — ete, taj Mitka!... Pa što zbori Petrakija, dve ti oči?!...

— Lošo zbori, mnogo lošo zbori. Daviju mi pravija!... Da sam učija neke čkolje — ta da ispišem, ete, tol'ku knjigu! — veli Tasko i odmeri rukom jednu užasnu debljinu. — „Lasno ti teb' — reče mi neknja Petrakija — imaš devojke, sina nemaš — brigu nemaš!... A men' me izede ono moje pcetište!"

— A ti, vikam, zašto ga *ispusti*? „Drvo se, vikam, savija dok je mlado!" ima selski reč. Ta i sas teb' i Mitka ti alis ta si je rabota! „More, Tače, reče, ne znaješ moju muku, pa si zboriš tako. A, istin', reče, ja sam kabaet, mnogo sam, reče, kabaet! Ete veće dve godine i poviše!... Ama se vukujem i teglim s njeg' kako ala s beriket. Da čuješ sal". Ta stade da priča.

Pričanje nesrećnog oca Petrakija o svom nesrećnom sinu Mitanči.

„Polani, reče — otpoče bata-Tasko Jevdi Petrakijevu priču — kad mu kupi' jedne putine kod Vana kondurdžije, tag toprv zapazi', što će imam muku s njeg' poviše nego što tatko mi imaše, ete, sas mene! Plati za putine osam dinara — em bele pare, bre brate, reče, malko li je!?... Ama znaješ kako be'u cvrste i jake putine, pa em sas potkovice! Doneso' gi dom i dado' mu gi, i on gi uze! Ama — ete sag mi dolazi u pamet — uze gi kučište, ama me ne celiva u ruku, kako je adet u njega. Obuče gi, i jedan dan odija sas nji po čaršiju, a jutredan neće da gi obuče... Ja si mislim: zar će gi čuva pa za nedelju eli svetak!? Pa mi dođe nešto milo, ta reko' u seb': Breee, ovoj će kuče iskoči potrgovac i od tatka i pa od tatka na tatka mu!... Ama da čuješ moju bruku! Stiza nedelja, pa svetak, pa nedelja, pogledam ja — a on si jošte ide u pocepane putine! Čorbadži-Petrakija sin, pa si ide kako izmećar, belosvecki niki! A zašto, more, ti ne obukuješ nove putine, vikam mu ja, što me reziliš?! On si ćuti; ćuti si, žena, kako kamik! Prođe si jošte jedna nedelja, a ja veće ne moga' da si ćutim, veće viknu': A, bre, ćopek-sene, što si ne obučeš nove putine? On si pa ćuti. A domakica mi Persida, kad vide, što će iskoči jedno tepanje, reče: „Neće si, vika, dete turcke putine; iska štifletne a-la-franga da mu, ete, kupiš!" — Što bre, ešeku? Zar tatko ti čorbadžija prvi u čaršiju i kod vlas' i pri oficiri i indžiliri — pa može da nosi putine s potkovice, a ti ne možeš!? More će poneseš, pa kako selska nevesta će gi obučeš i odiš u nji. A on, kuče — i koj ga bre nauči, da si tako zbori! — reče: „Neću da gi nosim; bos ću si idem, eli u selski op'nci, a da gi nosim, reče — neću!..." E, zašto nećeš? — „Ne mogu", reče. — Zašto ne možeš? — „Ne mogu, reče; trupam, reče, sas one puste potkovice, kako stari mezuldžijski, reče, konj!" E, kud se naučilo teja reči da zbori!!? Vide li, more, kako se kučište naučilo da zbori jošte u čkolju!" — Ti što mu napraji? zapita' ga pa ja. — „Ta što da mu činim? Jedno mi je dete, znaš kako je! Kupi' mu štifletne a-la-franga... A domakica mi zbori: „More, Tače, ćuti si, pa rekni: Ispolaj na Gospoda! kad si doživemo i toj! Koj znaje, reče, što mu je pisano, i što će da iskoči iz njeg'!... Ti si trgovac, ama ovoj će, reče, iskoči jevropejski trgovac, galanteris'!..." A ja si sal ćutim — zbori si Petrakija — pa vikam: Može; istin', da sam čovek pros', pa se ne razbiram u sagašnje vreme; pa si oćuta' i otrpi' niko vreme. Ama posle mi dođe nešto u pamet za čekmedže. Esapim i trebe da je tol'ko pazar — a kad si brojim, a ono iskača manje! Jedan dan ubavo zapanti', dek sam spustija u čekmedže dva po pet dinara od pazar, a kad će da zatvorim dućan, ja si nađo' sal jedno! A kod čekmedže dolazimo sal ja i on, niki drugi! E neće, zborim si ja u seb', do čekmedže da dođeš! I po tag iskačaše pazar za niko vreme sprama esap!... Ama — pa mi dođe nešto čudno! Ima si jedno sopče njegovo, i nikoga ne pušta u sopče. Sam ga pometa s metlu. Ho, majka mu stara, i toj trebe, vikam, da je niki ugursuzl'k!... I ja se veće zainati', da vidim što je, majka mu stara, u toj sopče! Ta jedan dan u nedelju, reče mi jedan — a beše kod men' jošte u turcko vreme kalfa — nešto lošo za Mitku; reče: „Pazi se, gazda Petrakija, da te ne orezili, reče, tvoj Mitka. Čuja sam — a ubavo razbra' — reče, jučerke na noć, kude neke belosvetske frajlice, reče, poju si pesnu za tvojega Mitanču, poju si:

Koj ti kupi kondurice?
Kupi mi ga ludo-mlado,
Ludo-mlado neženeto,
Na Petraća — ete, reče — mlat Mitanča!...

ta te, reče, maksuz potraži', čorbadži-Petraki, da ti reknem. A, reče, tvoj 'leb jedo', ti me izvede na selamet — pa adet je da ti kažem; zašto, reče, može lasno guja da te izede". — „A ja si, reče Petrakija, ufati' tag niki stra' i zort — zašto si premećem po moj pamet, pa ufati' i priseti se za mnogo, ta reko': More, neje bez ništo!... Priseti' se ja: u dućan si ne sedi, tatka ne sluša, majku ič da ne vidi; neće kondure, košulju neće što mu majka tkaje i šije, iska dućansku!... Udarija baksuz u kuću i dućan; a pazar misečni stade kol'ko pre nedeljni pazar beše!... U sobu si nikoga ne pušta, a kad si iskoči, a on si turi katanac na vrata — em kol'ki katanac! Golem kako katanac na magazu! — A ključ si turi u džep, pa si ide! Kude si ide, što praji, kad se vrće dom — nikoj ne znaje i ne smeje da ga pituje...

„A ja si — reče Petrakija — kad mi reče čovek toj, brgo dom. Na sopče mu katanac, a njega ga dom nema. „Pričekni si, malko, reče mi žena, će dođe *dete*!..." A za toj pa da mi je! reko' gu ja, ta si uze jedno sikirče. Zar će sam trgovački sud, ta da ne smem, pa iska i treba dva građanina da su u prisustvo! Ba! Ne čekam si ja! Pa si sas ono sikirče obijem katanac i uleznem u sopče... A u sobu, što će da vidim: moj sram!... Po duvar, bre brate, sve slike, em devojačke! Ama, reče, ne od naši devojčiki, veće od niki iz beli svet... pa... ete... nesu, reče, obučene, veće, ete, kako sag da ti kažem... ete... kako da se banjaju; ama, brez peštimalj; eli na Đurđov-dan u zoru, kad si faćaju maju, da prošćavaš!... Sram me, reče, izede!

„Pogleda' na sandaci, a i na sandaci katanci! Premisli' se ja: E, što mu trebaju, majke, katanci na sandaci, kad ima — em kakav golem! — na vrata!? Ta si uznem onoj sikirče, pa i po katanci, pa i po sandaci! Kad si podigo' kapci — lele majke! Što će da vidim u sandaci! Sram me i da ti kažem; a njeg', reče, ne bilo sram da zbere i skuta sve toj!! Dva sand'ka puna, bre brate, ete da prošćavaš, sve kurvinske stvari!..."

— Lelee! Ne zbori si!... — veli uplašeno Jevda.

„Češljevi, sapuni, đulijaci neki, ta nike ženske štifletne, kolani, podvezice, gakice ženske, čorape — ama znaš kol'ko su duge!... Duge, kako da će okolo šiju da gi vrzuje!... I sve si to zbraja i skutaja na kup za onuja nesreću i rospiju austrijsku, Kerminu!... Kapetal bre jedan!... Dućan! Dućan da si otvori i sortira sas onuja silnu stoku!... Ela Perso, viknu si ja domakicu mi. Ela ovamke, da si vidiš rabotu odi toj tvoje *dete*! Nov adet da vidiš! Sag mladoženje, ete, spremaju boščaluke, a devojke jok!... Kakva je ovo vera, vikam? Ela ovamke, da vidiš tvojega jevropejskog *galanterista*!"

— Lelee, tugoo! — uzviknu Jevda sva preplašena. — Crna Perso, što ti se odi dete napraji! A Mitanča — što napraji?

— Ešek! Što će praji?! Nedelju dana ne smejaše da si do'odi dom, veće zaredi po tetke i po strinke na noćuvanje... „A da beše tagaj tuj, reče Petrakija — ća' s ono sikirče da ga utepam!"

— Eh, eh, adžamija, pa ludo...

— Vide li, Jevdo, što ni se napraji odi naš varoš?!

— Leleee! — huče Jevda.

— A tatko mu Petrakija turi ga u novine i reče: „Od danaske mi veće Mitanča neje sin, ni mu ja pa tatko; toj vi je, vika, na znanje i, ete, upravljanje! Ič da mu nikoj ne dava pare, zašto ne preznavam Mitančin, reče, arč..."

— Eh, tugo! Neje trebalo baš tol'ko da je... Sin mu je... Lele, jedinac spored tri kerke!... Pa što je sag sas Mitanču; njeknja ga vido'! Ništo se napraji odi momče... Kako zemlja si dođe...

— Šta napraji?! Ešekl'k napraji. Izgubi si r'z i trgovački čes'!... Čorbadžijski sin!... Do Filibe i Solun da proseše čorbadžijske kerke, pa nijedna da mu ne rekne: jok! — a on si — ešek nijedan! — oženi sas belosvetsku i izgubi dušu sas drugu veru, sas tuj, što ti gu kažem, frajlicu Švabicu Kerminu! Toj li je red!?... A tatko što da praji?! Uze si na brata dete, reče: „Sotirče će mi je po sag sin i naslednik!" 'Oće da ga uzne za ortaka — ama još neje u tej godine!... A svojega sina

napudija!... I čorbadžijski, bre brate, sin otide si, te je sag kantardži-
jski sankim činovnik — sas dvesta groša misečno!!... A frajla Kermina
posede si malko; čeka, belkim, da se izmire sas tatka Petrakija, ta kada
si vide što ništo neće bidne — a ona si ufati svet... Koj gu znaje kude
je sag!... U cirkus niki zar...

— Lele, da ne dava Gospod nikomu takav sram i rezilak!... —
uzviknu Jevda, kada Tasko završi Petrakijevu priču.

***

— Mori, Jevdo, zar sal Petrakija što ima muku! Ima gi sijasvet, ama
sal tuj puče bruka, pa si znamo, a kol'ko gi ima čorbadžijske kuće, što
si kutaju od svet... Onomad na slavu jednom beomo, kod čorbadži-
Gana. I on si ima sina... Svršija u Grac trgovačku čkolju. Sedimo si
i čekamo da ne posluže. Ja si uzedo' s astal onu knjigu, album, pa
si gledam, prevrćem listovi, gledam slike, pa si zapazi jedno devojče.
More, koje si je ovoj devojčence, trebe da ga znam i poznavam! Ta
zapita Stavriju policaju, što sedeše do men': Koj beše ovo devojčence,
Stavrijo? — „Zar gu ne znavaš, reče mi. Iz cirkus pelivanka, ona
letošnja, što ripaše kroz b'čvu; ete, neje, reče, kroz b'čvu, veće kroz
obruč... što se, reče mi, potepaše zaradi njuma. Ja gu, reče, isprati' do
železničku stanicu!...” — Ih, majka mu stara, dotle li zar dođe?!

— Kakvo vreme zastupi, bata-Tasko, Bog da čuva! E, neje tako
baš bilo i pređašno vreme, neje!...

— Ba! Bilo je! Bilo je, ama neje baš tako bez red bilo! Pantiš li,
hej-hej, damno, što učini onaj Miče Vačin... kada stanu ašik na onu
čengiju Đulsefu... Čelebija se zvaše?! — Ostavi si čovek i tatka, i
majku, i dućan, i trgovinu, pa si fati put sas Cigani u gubertl'k!?...
I sag jošte je živ! — Pričaše mi neki naši trgovci, što odiše tam' po
trgovine; nađoše ga, hej-hej, daleko, tam' na-kude Solun... Sviri i on s
drugi Cigani; stanuja zurlaš, a ona čengija mu žena!... (Dade si jednu

nogu na prvoga muža Ciganina, pa se udade za Miču.) Poznaše se lasno. Seća se sve ubavo za naš varoš!... „Bre, zar takoj napraji, Miče?" zbore mu naši. — „Što će prajim!" reče. „K'smet! Veru si, reče, nesam batalija — ama stado', ete, reče, Ciganin! Imam si, reče, i decu sas njuma!..."

— Ta toj ti ispriča' — završi bata-Tasko — Jevdo, demek da znaješ da neje: „da neje bilo!" Bilo je — ama u sto godine jedan put ako iskoči bruka i rezilak — ama ovog sag počesto!...

— Ee, bata-Tasko, za toj te i pozva', da te molim, dve ti oči, da mi pomogneš. Znaješ, kakoj si je... Žena sam, udovica sam, ne stizam svud; ne prilega, neje red... Ne znajem si što se raboti i zbori po čaršiju... Pa ti da si raspitaš, da vidiš, demek, za Mana mojega... Zašto stra' me; reče mi da će da se ženi — a sag pa, kad mu reko' — a on stanuja pišman!... Pa da si razbereš, da neje nika belosvetska... Tugooo! Ako toj bude — što da prajim?!...

— 'Oću, 'oću si, Jevdo — reče čorbadži-Tasko — a za dan dva da dođem ću! Za dan dva, ete, pa sam tuj!...

GLAVA ŠESTA

U njoj čitatelj posle uzaludnog i beskorisnog čitanja dojakošnjih pet Glava naposletku dolazi i natrpava na samu stvar, zbog koje je ova pripovetka i postala, a to je: da se u njoj jedva jedared nađoše zajedno Mane kujundžija i Zone Zamfirovo.

Zona je znala da je lepa, i da je čak lepotica. Znala je to po ogledalu, u koje se, kao svaka mlada devojka, rado i često ogledala, i po pogledima, kojima je sretaju i ispraćaju, a i po pesmama, u kojima se ime njeno spominje ili koje se radi nje, kao aluzija na nju, pevaju. I Zona je bila, što je sasvim i prirodno, ponosita s toga. Ali je ipak volela da ponekad na jedan takav pogled i odgovori pogledom. Bilo joj je to osobito zadovoljstvo, da jednim takvim pogledom ohrabri koga, da mu ulije neke nade, da ga zaludi, a posle da ga odbaci. Onako, kao i za sve velike i srećne osvajače što priča istorija, da za njih nema više nikakve draži ono, što im je, takoreći, već pred nogama — nego da ih draži i budi u njima novu osvajačku glad samo ono, što je još nepobeđeno i neosvojeno, što ohola čela prkosi — tako i za lepu Zonu nije imalo draži ono, što je već pobedila i zaludila, nego je interesovalo i dražilo ono, što ravnodušno kraj nje prolazi, što je ne gleda i ne osvrće se za njom. I već zbog samoga toga nije nikakvo čudo što je i Mane kujundžija — čapkun-Mane nazvani — morao ući u ovu pripovetku, ako nikako drukčije a ono makar kao epizoda. A što je Mane naposletku izašao čak i kao glavni junak, to je bila

— pored već poznate karakterne crte Zonine — prirodna i logična posledica još i karaktera njegovog, i ašiklijske, tako da kažem, taktike njegove — kao što će se već sve to lepo, jasno i očigledno docnije iz pažljivog čitanja uvideti.

Mana je Zonu znao još kao derište, kao „čupe" ili „čupence" — kako bi oni tamo rekli za šiparicu, a i ona je njega poznavala još iz tih ranih svojih godina. Kao derište bila je suva džigljasta i krakata; tankih dugih ruku, duga lica i velikih usta, ukratko: jedno najobičnije dečje lice, za koje ne zna čovek kako da kaže, da li je lepo ili ružno, a najmanje bi se smeo kladiti i tvrditi, da će se iz tog čupeta vremenom razviti prva lepotica!

Do dućana Mana kujundžije — onog prvog u prvoj Glavi opisanog dućana, u koji je majstor-Mane onako vešto, saltomortalski, uskakao — bio je dućan alvadžije Ameta. Tu bi svako jutro, kad je išla u školu, zastala Zona i kupovala bi za groš ćetene alve i za marjaš vruć simit, u koji bi metala alvu. Tada bi obično Mana ispružio šiju iz onog njegovog malog dućančeta, kao gusak iz guščarnika kroz letve, i oslovljavao bi je rečima, kao što se obično deca oslovljavaju; a zatim bi je redovno zapitao za njenu stariju sestru Kostadinku, prvu lepoticu u gradu, koja je bila pristigla na udaju. Pitao bi je:

— Zone, mori, što ti raboti datke Kostadinke?

— Ništo! — odgovara ljutito Zona i steže onu alvu simitom.

— Kako ništo!? Teke, istin', što gu treba da si raboti, kad si je čorbadžijska ćerka!...

— A što je pa teb' ti za njuma! Ti-ti-ti-ti što si gu njoj?! Ta da si, ete-te, pi-pi-pi-tuješ za njuma!... — zamuckuje Zona, a već gotova, da se zaplače od muke.

— Eh, detence!... Mnogo mi, ete, milo za njuma... A za njuma li, Zone, kupuješ tu alvicu?...

— Jok! — obrecuje se Zona.

— E što gu treba alva — kad su gu, ete, usta i bez alvu slatka i blaga!...

A Zona samo prći usta i ne odgovara ništa; stoji kao sveća, sa sastavljenim nogama, i ne može odmah da se krene.

— Pa pozdravi se na dadu Kostadinku. Ako li, da gu poneseš, malko peškeš od men'?... Amet! Dede seci za dva groša od ketenu alvicu...

A Zona se kreće ljuta, ništa mu ne veli, nego ide školi. A kad je Manča vikne da ponese dadi alvu, a ona se okrene i samo isplazi jezik na njega, pa produži put.

***

Kad je svršila školu, a bilo joj je tada dvanaest godina, zadržata je kod kuće. A i nije svršila ni svu osnovnu školu, nego samo tri i tek počela četvrti razred, kad je čorbadži-Zamfiru došlo nešto u pamet da je izvadi iz škole. Hadži-Zamfir nije dao da se dalje školuje. Kad bi mu spomenuli „više škole", i da bi dobro bilo da je — kad mu je već Bog dao svega dosta — pošlje u Beograd — hadži-Zamfir bi ih tada samo pogledao i pogledom presekao; istresao bi čibuk, a to bi bio znak da je ljut tada, i kratko bi se na njih obrecnuo. I niko posle za živu glavu ne bi smeo produžiti s njim razgovor o toj temi...

— Što, što? Što bre? — zapitao bi tada čorbadži-Zamfir digavši svoje guste obrve čak pod fes. — Ešeksene! Kude se je žensko, adžamija, em devojčence, ete, davalo na nauke!... Od kud vi pa taj adet i taj pamet!... Što? Što bre?... Da si nauči nemacku jaziju, austrijski bukvar, pa da praća knjige, demek pisma, na adžamije iz beli svet, na oficire, indžilire i pisare?!... Toj li iskate?!... Ba!... U moj vek... sal toj da bidne — *neće*!...

Tako je govorio hadži-Zamfir.

A imao je i pravo! Nije on to onako napamet govorio... Kao iskusan i pametan čovek, držao je da se svaki čovek treba da poučava tuđom nesrećom. Jer tih dana baš uhvaćena je jedna čorbadžijska ćerčica — koja je pre dve godine svršila školu — kako je, na listu od Pisanke br. 5, nekom pisaru — u čijoj je konduit-listi stajalo: da je rasejan i neupotrebljiv za koncepat — napisala pismo, koje je glasilo: „Što mi pisuješ za volenje i ja si iskam i 'oću si da se, ete, volemo; ama da se volemo za udavanje i venčavanje, a za drugo jok; zašto će tatko da me utepa".

Odmah posle toga izvadio je čorbadži-Zamfir svoju Zonu iz škole.

***

Ali, i ako je hadži-Zamfir imao stroge i, takoreći, nesavremene poglede na školu i pismenost u odnosu na naš ženski svet — ipak, baš u isto to vreme, nije nalazio: da je to tako strašno, ako njegova mezimica, njegovo čupe Zone, nedeljom ode sa drugaricama na ćošak pred Kaloferlijski han ili na Bit-pazar, gde igra oro; ili u neku avliju ili neki poširi ćorsokak, gde se momci i devojke ljuljaju Bele nedelje na „nišaljkama", i gde se zagrljeni momak i devojka ljuljaju, a društvo im peva: *Čije pero na nišaljku, gajtane moj!*

Zona još nije igrala u oru niti se ljuljala na nišaljci, ona je samo gledala. Tek se uzme za ruku sa kojom drugaricom svojom, a najradije i najčešće se uzmu za ruku ona i Genče Krivokapsko, pa otrče veselo tamo, gde se oro igra. Tu stanu. A obično i najradije stanu na kakav basamak ili kamen; jedno da bolje vide, a drugo da izgledaju veće. Drže se za ruku i jedu kokice iz keceljica svojih; stoje i smešeći se gledaju kako momci i devojke igraju. Glede, i sve vide i ništa im se ne može oteti pogledu i ostati neopaženo, i ako ih one iz kola bagatelišu i smatraju ih za adžamije i da ništa ne znaju. Varaju se jako! „Dobar petao se izmalena uči kukurikati", pa tako i one; sve one vide i znaju:

ko koga pogleda, ko koga gurne, ko se o koga očeše, ko se do koga najradije hvata i sve te i takve stvari.

Tu je još Zona čula za Manču, da je najlepši momak, i videla, da se sve otimaju, da do njega igraju. A Manča je bio već na glasu kao momak i igrač. I mala Zona je još tada primetila, da najviše mahalskih devojaka gledaju i uzdišu za Mančom, pa je i ona počela pomalo gledati i krišom uzdisati za njim. Valjda po onom opštem zakonu, po kome ženski svet onako isto kao i ovce ili guske, što potrče sve za jednom, onom prvom, onamo kud ona potrči, a i ne znaju ni kud trče ni zašto trče — po tom istom zakonu valjda su i Manču sve devojke gledale i sve se zaljubile u njega, a za njima, po tom istom zakonu, pošla i mala Zona!...

I mala Zona nije znala šta je to; nije ni slutila, šta je to što se s njom zbiva, ali je i ona pošla za gomilom, za starijima njenoga pola. I ona je najviše u Manču gledala, pratila ga očima unaokrug kolom. I što se on u igranju više i bliže primiče k njoj, sve manje i reče vadi kokice; ne jede ih, nego ih stegne u svoju šaku, a srce joj silno bije u grudima i strah je neki uhvati od Mane, ali ga ipak gleda. A kad Mana dođe prema njoj, a u nju uđe još veći strah, i ona ne zna, šta da radi, ni kako da stane: odmah prebacuje kurjučić s leđa preko ramena napred na prsa, i zavrće jezik, a ne zna ni sama, zašto to radi, kao što opet i ne zna, kako silno steže svojom znojavom ručicom ručicu svoje drugarice Gene ili se nasloni na nju, pa je krišom štipa i ljubi, pa joj šapće i veli: „Geno, mori, ja se neću udam!...” (A i Gena njoj veli, da se i ona neće udavati. I obe mlade drugarice se zariču, da se nikad neće udavati!...) Ništa ne zna, samo ga gleda, a izraz lica joj takav i usta joj stoje tako, da ne znaš ili se smeši ili će da zaplače... I dokle god oro traje, ili još bolje, dokle god Mana ne pođe kući, i ona stoji tu držeći Genu za ruku, a kada Mana pođe, odlaze i one kući.

***

Promenila se Zona; postade dete drukčije. Nije više onako bezbrižna, ne ide sokakom, pa da je se ništa ne tiče, ne skakuće više s noge na nogu; a kad ulazi na kapiju, a ona se uvek, pre no što uđe, okrene i levo i desno u sokak i gleda...

Pa i ukućani primetiše na derištetu neku promenu. Uostalom i ukućani je ne smatraju već više za dete; to se vidi i po tome, što sad mnogo štošta i ne govore pred njom, nego kad hoće tako nešto da govore, i da se kao stariji izraze, a oni je pošlju po nešto, gde će se morati zadržati poduže, a stvar im ta, naravno, i ne treba. I oni primetiše da je Zona rasejana i zamišljena. Ništa ne upamti što joj kažu.

Ako je Zamfir pošlje po čibuk i duvankesu, ona mu donese naočare i tefter dužnika!... Svaki čas je pred ogledalom, i onim velikim i onim drugim manjima, i ako ima u džepu ono svoje malo ogledalo; svaki čas plete kurjučić i neprestano menja one pantljičice na kraju kurjučića; do podne izmenja ih nekoliko, i zelenu, i plavu, i žutu, i crvenu, a posle podne tako isto... Preko dan se svaki čas tek izgubi; nema je. Povlači se u samoću, onu tako milu samoću mladim stvorovima, koji ne znaju šta im je, a željni su da pate; onu samoću, oko koje vri život i čuje se žagor; a oni skriveni u toj samoći uživaju, jer znaju, da ih niko ne zna gde su. Tu se tako povuče i gleda, a ne zna kud gleda; i misli, a ne zna šta misli, samo oseća. Oseća da joj je nešto milo i tužno nešto; oseća da pati, a ne zna još od čega pati. A prijatna joj ta samoća, koja je zaklanja od pogleda ukućana, koji su joj pogledi od neko doba užasno dosadni postali. I ona navaljuje na majku svoju i moli je, da joj ustupe tu malu sobicu, ćiler, u koju se ulazi na vrata, koja su između dva dolapa, pa se tako jedva i raspoznaju od dolapskih vrata. U tu sobicu se često i najradije sklanja. Tu je obuzme neka slatka tuga i seta, i ona se tu odaje tihoj tuzi, misli o sebi, i tu se oseća kao najnesrećnije devojče na ovom svetu, ali zašto baš najnesrećnija — ona još ne zna!... U toj se sobici najradije bavi; tu se češlja i presvlači po nekoliko puta preko dana, ili izvadi svoje džepno ogledalce (koje je na poklopcu jedne sedefli kutije, koja joj služi još i kao neka mala „šparkasa") pa se dugo ogleda u njemu i prći svoje rumene usnice i mali nosić. Ili obuče majkin venčani fustan od teške persijske svile — koji već više ni sama Tašana ne nosi, jer je izašao iz mode — potrpa na sebe sve njene adiđare, pa se ogleda na velikom ogledalu i hoda po sobi... Jednako namešta tu sobicu po svojoj volji i sedi u njoj, kad god ugrabi priliku, da se iskrade od očiju ukućana... Tu bi najvolela i da noćiva, ali joj majka nikako ne da to. A Zona se rastuži obično tada i govori o smrti.

— Kad umrem, nane, ubavo da me sa'raniš... Na grob da mi turiš šeboj i zambak i trandafil i dafinu da mi posadiš! — A majka plače, udare joj suze na oči, pa je juri papučom iz sobe u sobu i preko basamaka; a Zona se smeje kroz plač, pa veli: — Ama, ja ću ti umrem, nane!...

∗∗∗

Prođoše tri i nešto više godina. I kao sve što je podložno promeni, izmenila se i ona. Lice joj dođe punije i usta sada mnogo manja, u proporciji prema licu, koje time dobi lepše crte i izraz; kurjučići izrastoše u duge kurjuke, a džigljasto čupe Zone razvi se u vitku devojku Zonu, samo oči što ostaše one iste, krupne i tamne, s dubokim kao bezdna pogledom...

Kao derište nije cenila ni mnogo polagala na lepotu svoju, a ni na to, što je čorbadžijska ćerka. Ali sada, kao devojka, ona to poče polako osećati i po tome se vladati. A i da nije sama osetila to, imao bi ko da joj to kaže. Rodbina Zamfirova je velika. Puno nekih tetaka, strina i ujni. I one ne samo da primetiše, kako im je njihova

Zona lepa, nego primetiše čak i to, kako je čupe Zone zaljubljeno, pa pronađoše čak i u koga se zagledala.

— Leleee!— uzviknu tetka Taska, kad joj rekoše kako stoji s njihovom Zonom, kojoj je ona još jednako redovno donosila, kad god bi im došla, badema i rogčića, smatrajući je još za dete. — Lelee! Što se napraji odi naš varoš i odi devojčiki u sadašnji zeman! Tugooo! Nema više devojčiki!... Beše!... Beše!... Sag tatko i majka — ništo! Sag si čupenceta begendisuju momci, pa ni pituju: begendisuje li tatko i majka zeta?... Crna Tašano! Idi si, pa se besi o onu krivu dafinu!... — viknu i udari u plač, a za njom odmah udari u plač i Tašana, majka Zonina, i sve ostale tetke, ujne i strine, koje se desile na okupu...

I odmah navališe na Zonu sve složno, i ne ostaviše je nikako na miru, dok joj ga, kako im se učinilo, ne izbiše iz glave. Što se ona više i lepše razvijala, sve su je silnije napadali i ubedljivije savetovali: kako treba da pazi na sebe, i kako treba da joj je uvek na umu *čija* je i *koja* je ona. I ređaše joj sve redom momke s naznačenjem, koji su neprilike, a koji bi *mogli* biti prilika za nju. Kod Mane kujundžije se, naravno, najduže zadržaše. Na njega i drvlje i kamenje!...

— Ako si ne begendišeš u naš varoš, ete, nikoga, što ti, demek, niko neje sproti teb' — lasno za toj!... — govorila bi joj i takoreći ponavljala svaki dan nadugačko i naširoko jedno isto tetka Taska, najrečitija u celoj rodbini... — Ete ima u Leskovac, em kakvi trgovci; u Vranje, em kakve čorbadžije — pa će se, što zbore selski, za zlato lasno nađe kujundžija. A onaj *čapkun* zar je prilika, on, krijumčarski sin, sproti teb' i sproti drugi Zamfirovi zetovi!... Sestre ti se poudavaše sve za ljudi trgovci, a ti što iskaš!... Pomisli se na koga si kerka! Jedan si je čorbadži-Zamfir u grad; more, do Solun i Filibe nema ga jošte potakav! A ti — ih što si brbljiva! Mlado, ludo, adžamija! — ti iskaš, da staneš esnafska žena!... Ti da ga zab'raviš!... On si je čovek siroma... fukara! Kud su njegove kuće, dućani; kude su mu čairi, čiflaci i čivčije? „Ima si dućan!" Eh, mnogo danas muka pa

za dućan!... A pituješ li: *što* si *ima* u dućan!... Kako onaj Nasradin-
'odža: što ujutru sadeše luk, a uveče ga čupaše i metaše pod dušek:
„Što je moje, zboreše si, nek' si je kod mene!...“ Ete toj i Mane raboti!
Ujutru pod mišku si donosi, uveče pa pod mišku odnosi!... Ima si,
more, i magare! Tol'ko mu bogatstvo!... On će si uzne sproti seb',
niku siroticu izmećarku, što će da si sedi u pazarni dan, u subotu, u
dućan, te da si zbira pazar i da pazi, da si selske neveste ne ukradnu
niku minđušu iz dućan... I da se kara sas selske mečke one! A prilega
li na čorbadži-Zamfirovo dete, da si sedi u dućan, da si ruča s momci
i čiraci na ćepenak, kude svet prolazi — i da se kara sas selske zveri!?...
Pa ti se, mori, u pare ne razbiraš; ne znavaš što je poviše: dva groša
eli milanče!? Eh, adžamija što je — pa ludo!... Ti mirišeš na jorganski
pamuk — zar ti će pa da si za ćepenak, esnafska žena ti li će da si! Da
se zoveš, ete, majstor-Maninica!... I ona luda i brljiva bećar-Doka —
da ti se pada tetka!...

✳✳✳

„Tija voda breg roni; kao kamen dubi“ veli stara, iskustvom
osveštana reč... I tako se i ovde zbilo. Silni saveti i opomene učiniše
naposletku svoje. I Zona kao da podleže. Silno joj se uvrte u glavu
i silno je uspravi i podiže pomisao: da je ona čorbadžijska kći i prva
lepotica. To beše dosta, da je često — kao i sve koje tako drže mnogo
na sebe i na lepotu svoju — i ako lepa, izgledala vrlo glupa! Promeni
se, kao i sve što se u svetu vremenom menja...

I sada se izmeniše prilike i uloge. Sad je Manča gleda onako, kao
nekada ona njega, a Zona njega malo bolje, nego on nju nekada.
Ali je i Manča bio i ponosit i imao neki svoj način i taktiku, tako
da je nazovem. Kad je na nju neprestano mislio, prirodno je, da je
želeo i da je vidi, a još prirodnije, da ju je čak izdaleka opazilo oštro
oko njegovo, a znao je i sve haljine njene koje su boje, i izdaleka mu

padala u oči. Ali i ako je uvek video, nije je uvek i pogledao. Kad prođe pored nje, jedared je pogleda, a pet puta prođe mimo nje, kao da je i nema na svetu; jedared je pogleda i zagleda se u nju, a opet drugom nekom prilikom pređe preko nje okom tako ravnodušnim i umornim pogledom, kao da je to neki nahereni direk od opštinskog fenjera, a ne vitka i lepa Zona hadži-Zamfirova!... A nju je to silno ljutilo, ponos joj vređalo. Jer dok je svaki drugi zablenuto, iznenađeno i s nekom tihom čežnjom pogleda — na Manči se to nikad nije moglo primetiti. A čeznuo je za njom, te kako čeznuo — samo je bio jogunica i nije nikako dao, da se to i opazi! — Koliko samo puta, kad ona prođe tako nekud sa svojim strinama ili tetkama kraj njegova dućana, a on u dućanu radi i opazi je, a zna otprilike kuda će i kojim će se ulicama vratiti — koliko puta skoči sa sedišta i ostavi rad i dućan na momku i šegrtu i rekne im samo: „Sag ću sam tuj!" pa poleti drugim prečim ulicama, s drugoga kraja, samo da se sretne s njom, da je vidi! A kad se sretnu, a on se učini, kao da je i ne vidi, pa hita kraj nje, kao da mu je bogzna kakav posao za vratom!...

Ili opet tako radi u dućanu, a posao navalio kao nikad; radi, udubio se u posao, misliš i na ručak će zaboraviti pri tako silnom poslu, pa se zaboravi tek i zapeva tiho i polako:

Sinoćke te, lele, vido', Zone, gde se premenjuvaš,
Gde se premenjuvaš, lele Zone, u tvoja gradina;
Gde se premenjuvaš, Zone, u svilena riza,
U svilena riza, lele Zone, u čiček-anterija!
Oj hoj-hoj, lele Zone, u čiček-anterija...

Pa tek skoči, ne znaš ni zašto ni krošto. Ostavi dućan na kalfi, a on se žuri kući, kao da mu gori. Malo posle izleti iz kuće u drugim, opet svečanim haljinama, ali ne onim maslinove boje, nego u onim čohanim gugutkine boje, ali isto tako bogato išaranim gajtanom.

Palo mu nešto tako odjedared na pamet da se presvuče; i on se nagizdio, kao da je prvi dan Uskrsa, i nagizdan tako, udari sokacima, pa, naravno, i Zoninim sokakom. Prolazi i zvižduće, žuri se, kao da je pogodio da izradi polelej od srebra, pa sad hita u dućan i traži kraći put i preči sokak! A međutim i ne ode u dućan, nego udari opet kroz neke druge sokake; a nakrivio fes, pa ga kićanka sve bije i kucka po plećima, pa se lomi čapkunski. Ali jednako ide kud ga noge nose, i tek kad natrapa na Pašin Čair, i kad jedini obitnici paša-čairski, preplašeni od narušitelja ove njihove tišine, žapci, kao po nekoj komandi, u gustim redovima poskaču i glavački bućnu u vodu — tek tada trza se Mana i gleda okolo sebe, kao da se pita: otkud on čak tu?! — i vraća se natrag!...

Tako, eto, počesto radi Mana. Ali da prizna, da sve to radi Zone Zamfirove radi — to ni za živu glavu neće, jer onda ne bi on bio „čapkun-Mane"!

Samo se jedared desilo, da je prošao kraj Zone, pa ga neki đavo natentao — i on se okrenuo za njom. Pogledi im se sukobiše — jer se i ona okrenula za njim, ali je Mani ipak vrlo krivo bilo, što se prevario i okrenuo. No ipak je brzo popravio tu svoju pogrešku, doskočio je i tome: oslovio je sirotu Kalinu, jedno komšijsko devojče, a na Zonu i ne pogleda više. I kako je ova bila koketna, pouzdana i ponosita radi svoje lepote — bilo joj je užasno krivo! Ujede se za usnu, jer joj se učini da će Mane još moći lako pomisliti, da se ona za njim okrenula i njega da je gledala!...

GLAVA SEDMA

U njoj će čitatelj naći sve raskošno šarenilo i lepotu jednog skupa mladeži obojeg pola, koji se skup zove oro; a tom će prilikom već pomalo moći i zaviriti u dušu i skrivene osećaje Zone Zamfirove.

Ali sada u ono vreme, kad se razvija ova naša pripovetka i kad je Zona u šesnaestoj svojoj godini, Zona je drukčija, nije više ono džigljasto čupe, što blene po sokacima jedući kokice iz kecelje ili dubokih džepova svojih šalvara. Sada ide ponosito, drži na sebe, jer zna nadmoćnost i svoju i svoje kuće nad ostalima drugaricama i njihovim kućama... Toliko puta je slušala, da su slabe i retke za nju prilike ovde u mestu. Zato se samo i igrala sa svakim, tek koliko da uživa u trijumfu.

Kretala se u krugu svoje rodbine, svojih tetaka, strini i ujni, i po čorbadžijskim kućama. U — tako da reknem — „plebeje" retko je izlazila, ili bolje reći silazila. A i kad je dolazila, vladala se potpuno čorbadžijski. Dolazila bi obično praćena svojom izmećarkom, Vaskom, i snishodljivo bi oslovila poneku siromašnu devojku, zaboravljala bi vrlo često, kako se koja zove, a i razgovor bi trajao vrlo kratko, tek u nekoliko reči. Ponekad bi dolazila i do mesta, gde se igra oro, ali nikad sama, već uvek s po nekom drugaricom i praćena izmećarkom. Slučajno najviše je dolazila tu, gde je dolazio i Mana, ili upravo, gde se najduže bavi, jer on je imao običaj da za jedno takvo posle podne promeni po nekoliko mesta. Stala bi, pa bi gledala kako igraju i zevala od vremena na vreme. Ali bi ipak krišom pratila očima Manču i nije joj pravo bilo, kad je ovaj ne bi opazio, ili kad bi otišao na drugo mesto, da igra, a ovo ostavio... To je vređalo njen ženski ponos.

Jednoga dana je čak planula i zaboravila se, tako se zaboravila, da je grdnu lekciju izvukla od svojih strini i tetaka, i nije mogla dovoljno da se nakaje, što se nije mogla da održi na dojakošnjoj daljini i visini od „fukare".

A to je bilo jedne nedelje, baš Bele nedelje, kad je po tim mestima najživlje; kad lep dan izmami sve živo na ulicu, starije na razgovor a mlađe na ašikovanje, a dečurliju na jurenje. Kada oživi ispod drveća od onih silnih ljuljaški; pa jedni se ovamo ljuljaju, a drugi im pevaju; a drugi onamo igraju, a Cigani im sviraju.

Skupio se svet. Koga ti sve nema tu! Dečurlije, momaka i devojaka iz mahale, koji ašikuju očima. Došao je i neizostavni narednik Perica, narednik i pisar u štabu, nazvani „lepi Perica" zbog onog belog lica i zbog ona dva mladeža na obrazu ispod desnog brka. Vitak u struku, sa lagiranim kajišem oko pasa, na kome je visio tesak, sa šiljastim cipelama i još šiljastijom šiškom ispod nakrivljene francuske kačkete, činio je vrlo prijatan utisak na ženski svet, naročito na onaj koji se provodi na krompir-balovima. Kad on prođe sokakom sa svojim vrsnim pobratimom, apotekarskim ili farmacajtskim pomoćnikom Pajicom, kad ovaj ima svoj „auzgang" — samo čuješ kako lete, da se posatru, devojke na avlijska vrata; poneka se zabatrga, pa joj izleti papuča ili naluna čak preko sokaka, a lepi Perica samo gladi svoje brčiće i pusti izveštačenim basom (a govorio je obično sa pola usta): „A joj, pobratime, pusti me da umrem!..." pa ide dalje drugim sokakom, gde opet tako nešto vikne ili veli: „Ovim šorom, Lazo ej, devojaka nema!" A pobratim Pajica mu odgovara: „Za koga, more, gazimo ovo blato, a pobratime?!..." A bacao je oko — nije šala toliki trijumfi! — i na Zonu Zamfirovu, ali još nije preduzimao ništa.

Nalazio je, da nije vreme još. Osećao je da još nije prilika za nju. Dok ne postane oficir. A dotle se trudio, da joj bar padne u oči; zato je i produžio bestraga svoj lakovan kajiš od tesaka, pa mu sad treska o kaldrmu tesak, o koji se i inače vrlo vešto spliće nogama, kao da je već oficir, kao da mu je tesak sablja! A zbog toga valjda i nije se upuštao u ozbiljne, „poštene namere" s ostalim devojkama. Sve je zaludeo, ali nijednoj se nije predao. Uživao je u trofejima kao svaki dobar vojnik; a takav jedan ne mali trofej bila je i ona pesma o njemu i lepoj Katarini i ona nova igra, koja se uz tu pesmu igrala; a ta je pesma:

Igra oro kod grobljište,
I u oro Katarinke,
A do njuma mlad narednik,
Lele, tugo, mlad narednik...

A na takvim mestima se uvek dese i poneki stranci, poneki iz prestonice. Tu se uvek dese i dođu i poneki trgovački agenti, poneki agent osiguravajućeg društva ili trgovački pomoćnici iz Beograda, koji kupe veresiju po palankama, ljudi obično vrlo šaljivi i duhoviti, a što je najlepše, ljudi snishodljivi, to jest, spuštaju se i u masu, jer ne polažu mnogo na svoje prestoničko poreklo. Pa hoće i da se pošale. Kad god tu tako stanu, uvek pitaju i mole, da im se da štampan red igara; pitaju, gde je garderoba za stvari; odakle se poručuje sladoled za dame — i već uvek nešto tako šaljivo izbace, što se posle zapamti, ostane tu i cirkulira dugo kao neka poslovica... Ali ipak kad se mahnu šale, ozbiljno priznaju, da se dive rodoljublju toga sveta, koji može da živi bez tolikih stvari, bez Blagoja tanc-majstora, bez parkova sa garnizonom bandom i bez Pašonine sale!...

Svrate se tu ponekad i zastanu i neki vredni profesori, spajajuć' prijatno s poleznim, šetnju sa studijom. Njih goni amo čisto filološko i folkloristučko interesovanje, to jest, hoće da nastave onde, gde je otac naše novije književnosti, Vuk, stao.

Ali, naravno, da tu najviše ima momaka i devojaka; devojaka i čorbadžijskih i sirotinjskih, prve da ubiju vreme, a ove druge, da se naigraju. Ove cele nedelje kao rob, trpe psovke i grdnje, ali sve to rado snose pri samoj pomisli na nedelju posle podne, pri pomisli na igru i ašikovanje.

Dođoše već i Cigani. Čuvena družina, snabdevena raznim muzikalnim instrumentima. Među Ciganima odmah na prvi pogled pada jako u oči jedan sa trumbetom, sa kosom i bradom žućom i od same trumbete. To je pan-Frančišek, brat Čeh, koji je pre nekoliko godina došao sa konzervatorije pravo u Srbiju, sa vrlo lepim sve-dodžbama i manjim partiturama. Kad je došao u Srbiju, on je prvo koncertirao; svirao Paganinijevu fantaziju „Mojsej" na žici G, i bio burno pozdravljen. Pa se odmah pokazao i stvaralačkim darom svo-jim; odmah je komponovao jednu novu igru, „Apotekarsko kolo", koje je posvetio svome zemljaku, panu-Ciculi, apotekaru toga mesta. Tako lep početak i napredak prekinut je, a uzrok su tome, tako da se izrazim, „mesne okolnosti". Pan-Frančišek, koji je do dolaska u Srbiju samo pivo kao piće poznavao, upoznao se ovde i s vinom; potreba državna iziskivala je, te je došao baš u onaj kraj, gde je crno župsko vino bilo malo skuplje od vode. I kakvo čudo onda, što je pan-Frančišek ostavio pivo i posvetio sve ostale dane svoga života samo župskom vinu, rezonujući da na taj način dobija i u novcu i u vremenu; pivo je skuplje, a vino jeftinije, i, što je glavnije, ne dangubi, dobiva u vremenu, jer se od župskog vina mnogo ranije opije, nego od onog glupog švapskog piva. I sada se lepo vide ne njemu obe te periode pića: od piva je sačuvao trbuh, a od župskog vina stekao nos, crvene, kao bakar, boje. Ali ga tada izdade kompozitorska i stvaračka moć; to se odmah opazilo na jednoj komponovanoj „Heruvici", koja je samo jedared otpevana u crkvi, a posle je sledovala oštra opomena Njegovog Visokopreosveštenstva sveštenstvu: da će ih sve obrijati, ako se samo još jednom zapeva takovo „Iže Heruvimi"!... Posle toga nije pan-Frančišek ništa komponovao. I kad su jednom u nekom društvu u razgovoru zapitali ga: komponuje li što? primetio je, i nepitan, zajedljivi kolega i zemljak njegov, pan-Cibulka: da pan-Frančišek i sad komponuje, i to jednako komponuje sodu s vinom; i da mu je ta kompozicija još ponajbolja!...

I ako je pakosno i zajedljivo to bilo, bilo je, nažalost, istina. Pan-Frančišek ne komponuje više ništa; čak ne komponuje ni to, ni vino sa sodom, nego pije vino onako „klot", kako ga je Bog stvorio. Sada je veran i stalan član te kompanije ciganske. Pre je svirao u ćemane, ali sad više ne može: dršću mu malo ruke, što je uostalom — kako on tvrdi — familijarna bolest kod njegovih u familiji. I on, koji je nekad na violini koncertirao i izvodio Paganinijevu fantaziju „Mojsej" na žici G, svira sada u neku olupanu i izgužvanu trumbetu, kakve se mogu videti i naći pod bilijarom samo za sezone takozvanih „krompir-balova", kad nastane obaveštavanje, ili, prostije rečeno, kad se kasapi sporečkaju zbog dama sa kovačima ili šloserima i kad policija, sa članom kvarta na čelu, stigne na lice mesta i vikne: „Fajerunt! Dame nazad, gospoda napred!..." Tako je pan-Frančišek počeo sa koncertiranjem a svršio sa ciganskom družinom, u kojoj čini čudan kontrast sa onim njegovim belim trepavicama među onim garavim licima. No on je zadovoljan među njima, a oni ga, opet, paze i čest mu odaju (zovu ga panj-Beljac), i ne puštaju ga lako, baš i kad bi on sam hteo: što je on jedini konzervatorist među njima, i drugo: što im daje pare na čuvanje ili na zajam bez interesa; pa on njima ne traži interes a oni njemu, opet, ni glavno ne vraćaju... Tako je dobrodušni pan-Frančišek obezbedio svoju budućnost, ostavlja za crne dane i Cigani to čuvaju.

***

Posle ručka poče se šareniti sokak od momaka i od devojaka, od mintana i fustana, od jeleka i šalvara, pa izgleda kao cvetna bašta. Tu dođoše i oni što prodaju petliće i svirajke od šećera, i oni što toče limunadu, i oni što prodaju kokice, a tu se nađe uvek i po jedna mirna i dobroćudna budala, bez koje nije nijedno takvo mesto, s kojom se obično deca smeju i zabavljaju, a devojke se okupe oko njega, pa izjavljuju, da su u njega zaljubljene, i kažu mu, da bira koju hoće; a on opet veli, da ih sve voli i da će ih sve uzeti za žene...

Otpoče oro.

Odigraše nekoliko igara, i „Krivu banjku” i „Berbatovsku” i „Tedenu” i „Zaplanjku”; i naizmenice vodiše kolo redom prvi momci iz mahale. Mana dao Ciganima dinar, a Nacko baštovandžija i oni drugi dodaše manje, po stoparac. Tu u blizini i nišaljka (ljuljaška) i oko nje puno sveta. Ljuljaju se i pevaju *Čije pero na nišaljku, gajtane moj!* Oni iz kola idu pa ljuljaju druge ili se sami ljuljaju, a oni sa nišaljke idu i hvataju se u kolo. Dođe malo posle i Zona sa drugaricom svojom, Genom Krivokapskom, onako isto kao što su pre tri-četiri godine kao deca dolazile, samo što Zonu sada prati izmećarka njihova, Vaska. Stale jedna do druge, pa gledaju, kako svet igra. Zona gleda ravnodušno, umorno i kao malo podsmešljivo po ovom šarenilu i veselju; gleda, kao da joj je dugo vreme.

Cigani zasviraše „Potresuljku”, omiljenu igru Maninu. Mane uze za ruku i povede na igru mladu lepu Kalinu, komšinicu svoju, jednu puku siroticu, koja neće svome mužu doneti ništa više do dve nove asure, i dva jastuka, i čistu dušu, i ropsku poslušnost. Zaigraše. Kalina vesela, blažena; rumen je svu oblio, a krupne crne oči svetle joj se od suza, od silne sreće današnje...

— „Lele! Što su pristali jedno za drugo!... Ja-gi!” „Asli kako plavi zumbul i zelena kada!”... — ote se mnogima uzvik, kad ih videše jedno do drugog, kako igraju. I svi samo Manu i Kalinu gledaju; svi ih gledaju zadovoljno s prijateljskim osmehom na licu, kao kad se nešto milo, svoje kad se gleda...

Zoni nepravo. Samo ona ne gleda na tu stranu; počela da zeva... Krivo joj... Ne treba njoj taj Mana; neće i ne može njen nikad biti — ali ne trpi da može još koja — kod nje tu, žive! — privući poglede ičije, a naročito Manine poglede!... Ne bi igrala, ali kad vide Kalinu, kako je srećna i kako se zarumenila i oznojila, pa se briše jaglukom, kad se pustila igra, dođe i njoj volja, da poigra, pa i ako je čorbadžijska ćerka, pa makar i otrpela reziluk, kad ode kući. Ali ipak zamoli izmećarku Vasku, da ne kaže ništa kod kuće. Vaska se obeća, da će pre pristati, da je ubiju, nego da kaže to, a zaklela se i u oči Gmitraća, grnčara, verenika svoga!...

Zasvira se „Jelka tamničarka", lepa igra, uz koju se i peva, upravo uz koju se pesmu igra. Tu je igru jako volela Zona i zbog igre, a još više zbog pesme, koja je njoj mnogo kazivala i setom je nekom milom ispunjavala... Zona uze za ruku Genu, priđoše i uhvatiše se među igrače. Cigani sviraju, a igrači igraju i pevaju:

Nane, kaži tajku,
Da me mladu dava
Za Rade komšijče!...
Za Rade komšijče,
Za naše seljanče!
Jelke, tamničarke!
Jelke, zulumćarke!
Ela da igramo!
Ela da trupamo!

Prestade za malo pesma, a igra traje i razvija se još lepše i još bujnije; čuješ kako zveckaju đerdani i dukati, i trupkaju kondurice i papučice i šušte svilene šalvare, a miris od đulijaka se prosuo po sokaku, pa kao magla zemlju, pritisnu miris gledaoce.

Pa opet poče pesma uz igru:

Za Rade komšijče,
Za naše seljanče,
Za naše seljanče,
Za mlado čobanče!
Jelke tamničarke!
Jelke zulumćarke!...
Ela da igramo!
Ela da trupamo!

Opet umuknu pesma i pevanje, a igranje i dalje traje uz svirku Cigana. Mana stoji, ne igra, gleda igrače. Gleda u Zonu, vidi Zonine svilene šalvare i lagirane kondurice; čuje šuštanje svilenih šalvara i oseća miris, dah njen oseća, pomešan sa đulijakom iz Kazanlika — i ne mogade da se uzdrži više! I kad Cigani htedoše da prestanu, dade im Mana znak, da sviraju dalje istu igru, pa priđe i uhvati se s leve strane do Zone.

Zona ga samo ovlaš pogleda, dade okom znak Vaski, izmećarki svojoj, i ova se odmah uhvati u kolo i rastavi Manču od Zone. Zona više i ne pogleda na Manu, igra i dalje i sve gleda u Manulaća čorbadži-Ranđelovog, a kad Mana dođe u igranju prema njoj, a ona ga i ne gleda, nego samo prći usta...

A Manu steglo nešto u grlu; zabolele ga slepe oči, a u ustima mu gorko i suvo. Jedva je čekao, da prestanu Cigani. Kad se svršila igra, povukao se do kapije jedne i brisao čelo dugo.

Zarekao se, da se više neće hvatati do Zone, a nije mu to ni trebalo, jer Zona više nije igrala; ostala je i samo gledala.

Kad zasviraše „Niševljanku", Manča se uhvati do Kaline. Zona više nije igrala. Gledala je kako igraju, a nije ispuštala iz očiju Manu i Kalinu; gledala je, kako igraju, kako je Kalina snažno i grčevito uhvatila rukom njegovu ruku, pa od vremena na vreme briše znojavu ruku jaglukom i brzo ga opet hvata i čvrsto drži, dok joj se opet ne isklizne ruka iz njegove; gleda, kako se razgovaraju; čuje, kako Kalini dršće glas, i kako ga meko i duboko pogleda svojim velikim i kao junska ponoć crnim i toplim očima!...

I drugu igru, opet „Jelku tamničarku", igrali su, jedno do drugog, Kalina i Mana.

I Zoni dođe nešto teško. Naslonila se na Genu, drugaricu svoju, pa se izgubila. Gleda besvesno po onom šarenilu, koje promiče ispred nje, sluša svirku, trupkanje kondurica po kaldrmi i sluša pesmu, čuje srebrni devojački glas Kalinin, gde peva:

Da me mladu dava
Za naše komšijče!

A Mana i Kalina su komšije!... To joj pade na pamet, i ona pogleda Kalinu, kako je srećna i blažena. I Zoni postade nešto teško i dosadno. Sve joj beše dosadno, a najdosadniji joj se učini baš onaj Manulać — koga je malopre onoliko gledala — kad joj priđe i ponudi je šakom kokica!... Nije znala, ko joj je u taj par crnji — Manulać, ili ona fukara Kalina!... Silno ugrize donju usnu, i još silnije stezaše za ruku Genu, drugaricu svoju, na koju se od silna derta i kara-sevdaha naslonila...

Svršila se i ova igra. Odmaraju se i igrači, neki idu „nišaljci", da se ljuljaju. Razleže se pesma sa nišaljke, razgovor na sve strane, samo se drugarice ućutale.

— Vaske, more! — zovnu Zona izmećarku svoju, a nozdrve joj se silno šire na naprćenom nosiću njenom.

— Što iskaš, Zone? — odazva se i pritrča joj Vaska.

— Otidi si do onuja... de... kako se vika... do onuja, ete Kalinu, i rekni gu: Vika te Zone Zamfirsko!...

— Tuj sam! Što ti trebam? — zapita je Kalina, kad dođe.

— Vika' te... ete... — poče Zona, a sva bleda, suvih usana, a isturila izazivački desnu nogu... — Ti si sirotinja... Kad ručaš ti tag ne večeraš... Ta, vikam... ako iskaš... — i tu podiže Zona glas i nastavi jačim glasom, da bi i Mana čuo — vikam... da dođeš, ete, da se ceniš u tatka mi... Vaska ni se udava... ta... da se ceniš; hizmet da ni činiš u kuću!...

— Ete, što pa da se cenim?... — odgovori joj Kalina. — Imam si majku i brata... Izmećarka neću sam!... Sal pri majku hizmet ću da činim...

— I pri muža... — upade joj u reč zajedljivo Zona.

— Pa ako dadne Gospod i k'smet mi bidne... i pri njeg'...

— Kod Manču li? — prekide je Zona jetko, šapatom. — Fukaro!...

— Kako reče?... Ne ču' te dobro!... — zapita je blago i pogleda blagim pogledom, a suznih očiju, Kalina.

— Pa... nećeš da mi budeš izmećarka?

— Jok! — reče ponosito Kalina — Nesam za vašu kuću...

— A, za oro li si! Ah, što si pa devojče za oro!... — reče pakosno i pogleda je prezrivo od glave do pete.

— Zone, mori!... Ne slušaj gu, Kalino, što zbori! Idi si! — upade Gena u reč i povuče silno Zonu za ruku. — Ajd' — dom da si idemo!...

Bilo je vreme već. Krave se već vraćahu sa paše, fenjerdžija opštinski već prolazi sa merdevinama, da pali fenjere, i patroldžije lepim redom prolaze glavnim sokakom; i iz gomile se malo-malo odvaja jedan po jedan u pobočne sokake, da, potkrepljen, cele noći bdi nad imanjem i čašću umornih i zaspalih građana... Počeše se razilaziti i sa „nišaljke" i sa igranja... Sve ih je manje i manje. Oni dalji se ranije krenuše, a ovi bliži malo docnije. I mesto, na kome su maločas igrali i kikotali i podvriskivali, ostade prazno i pusto i izgledaše tužno sa onim pogaženim ranim proletnjim cvećem, koje se otkidalo i otpadalo sa igračica!... I Zona pođe zlovoljno kući. Osvrte se još jednom, i vide kako Mana i Kalina pođoše i uputiše se zajedno; i ču, kako se Mana nudi Kalini, da je doprati do njenih avlijskih vrata, a ona ga blagodarno pogleda, ali ga ipak odbija i moli ga zagušljivim glasom:

— Nemoj, Mane, dve ti oči!... Ostavi me!... Sama ću si idem!... Vrni se! Živa ti ja! Će me vidi bata! Sramota odi čoveci!... Vrni se, Mane, dve ti oči!...

Gledala ih Zona, ali za malo; zakloniše ih i zahvatiše među se gomile vesele omladine... Pohvatale se devojke ispod ruke u dug red, a iza njih drugi red zagrljene momčadije, i idući tako kućama svojim, pevaju složno oba reda...

Dan na umoru, izdahnuo već; zvezde trepere s neba, tiho veče se spušta na zemlju, a iz grla srećna i vesela mlada sveta razleže se kroz tiho proletnje veče setna pesma, u kojoj se iskazuje beskrajna tuga, stara tuga, večna kao i čovečanstvo:

Da znaješ, mome mori, da znaješ,
Kakva je, tugo mori, žalba za mlados'!...

GLAVA OSMA

U njoj je jedan, za Manu vrlo prijatan izveštaj iz usta Vaske izmećarke, posle kojeg je izveštaja Mani — kao što bi to pesnici kazali — sunce lepše sijalo, cveće prijatnije mirisalo i ptičice lepše pevale.

Nedelju dana posle ovoga ispričanoga u prošloj Glavi, kad je izmećarka Zonina, Vaska, prošla kraj Manina dućana — a on sam bio u njemu — dobacila mu je u prolazu: „Bata-Mane! Pozdravila ti se Zone!" tako brzo, da Mane nije imao vremena ni da dođe k sebi, a još manje, da joj kaže hvala i da vrati pozdrav.

Toga dana je Mane bio sav blažen. A kako i ne bi, kad mu se cele nedelje od teškog derta nije mililo ni da sedi, a kamoli da radi u dućanu, jer mu je jednako bila u pameti Zona i njeno ponašanje i onaj tunjavi Manulać, kojega je toliko gledala Zona. I da Manulać nije bio onakav kakav je, da nije jednako čuvao dućan i sedeo pred dućanom i s ocem se razgovarao, Mane bi ga ma kako izazvao — kako je ljut bio na njega — i potukao se s njim, čim bi ga prvi put sreo i našao. Ali ovako nije mogao to, nego se morao zadovoljiti tim, što mu je u prolazu, onako kao slučajno, izbio laktom cigaru iz muštikle, kad je Manulać sedeo pred dućanom i pušio (a pušio je retko: dvared ili trired u godini setio bi se, da zapali cigaru, i to obično onda, kad bi mu tatko kakav dobar pazar svršio).

I posle nekoliko takvih teških dana, i takve duševne utučenosti, kako su ga morale obradovati i oživeti i osvežiti ove slatke reči:

„Bata-Mane! Pozdravila ti se Zone!" koje mu jednako brujahu u ušima kao najmilija pesma majskog slavuja!... I već odmah ga nije držalo mesto: dosadno mu bilo u dućanu, i čim se vratio šegrt Pote, skoči i diže se, da ide. Rđavo sam rekao „da ide"; poleteo bi on, kako mu je milo bilo. I baš u taj par, kad je on naređivao nešto šegrtu, uđe u dućan jedna mušterija i zatraži nešto. Mane mu nervozno iznese tražene stvari; učini mu se, da se i suviše otegao pazar, odmeri mušteriju od glave do pete, pa reče:

— More, nesi mušterija!... Nemaš te pare!... — pa uze ispred nosa zabezeknutom mušteriji poređane stvari i iziđe brzo iz dućana.

Zaredio je po sokacima i manjim i većim, pa čak i po onim, po kojima ni đavo ne prolazi, po kojima čak ni opštinski inženjer po dužnosti ne prolazi. Dvared je tako toga dana prolazio sokake, dvared se vraćao u dućan, ali se posla nije laćao, nego je samo pravio cigare, pušio, puštao kolute dima i zadovoljno gledao u njih. Naposletku je dohvatio pušku, uhvatio se polja i lutao tako do mraka, i tada se tek vratio kući; a da toga dana ništa nije ulovio, čak ni pucao, nije valjda nužno ni da kažem!... Celoga dana je samo na to mislio, i jednako mu u pameti zujale i zvonile Vaskine reči: „Pozdravila ti se Zone!" I zato nije ni čudo, što nije uz put primetio buljuke seljanaka i seljančica u njihovom živopisnom odelu, kako promiču putem kraj njega. Drugi put bi ih zadevao ili se bar iskašljao prolazeći kraj njih, a sad ih nije ni primetio, i ako su se kikotale glasno i gurkale se prolazeći kraj njega i zadevajući one njega. Tako je silna ljubav i tako silno zanosi ona čoveka!...

Ništa od sveta toga nije on primetio, niti ga se to ticalo! Samo jedna slika mu je lebdela pred očima, samo jedan pozdrav mu se jednako ponavljao u ušima, i on ga jednako šapatom izgovarao...

I to je ohrabrilo Manu. I prvi put, kad prođe Vaska kraj dućana — a on bio sam — zovnu je.

— Na dom, ete, zdravo li su vi? — zapita je Mane.

— Zdravo! — odgovara mu Vaska, a gleda minđuše, koje joj je Mane poklonio.

— Što raboti čorbadžija... zdravo li je?

— Zdravo!...

— A čorbadžika, što raboti ona?...

— I ona si je zdravo!

— A ti što rabotiš? Zdravo li si?

— Zdravo sam si! — odgovara Vaska.

Tu Mana zastade. Privuče svoju tabakeru, otvori je, liznu desni palac i izvadi jedan papir i duvan, u koji huknu, pa poče savijati cigaru. Kad je zapali, zasuka brkove, pa se iskašlja tiho, kao kad čovek hoće nešto važno da prevali preko usana. Ali ipak ne reče ništa, nego stade razmeštati ispred sebe one alate i puštaše guste dimove. Posle duže pauze zapitaće Mane:

— A... ete... Zone... zdravo li je? Što raboti?

— Pa, sedi si...

— Znam de... Može i da leži.

— Hehe — osmehnu se Vaska. — Lele, bata-Mane, kako zboriš pa i ti!...

— Što si zbori? Zbori li?

— Zbori, kad gu pituju...

— Ćuti si?...

— Pa ćuti!

— A što misli, kad si ćuti?

— E, koj gu znaje!...

— A može i da poje?

— Pa i poje...

— E, što si poje?

— Pa pesne si poje...

— Eh, pesne! Ama, koje pesne?

— Sramujem se, da ti, ete, kažem! — veli Vaska nameštajući u uši dobivene minđuše.

— Ama, kakvo sramuvanje! — hrabri je Mane. — U pojenje nema sram ni pa sramuvanje... Što si poje?

— Pa, ete... — poče Vaska — poje si pesne, oneja što su od ljubav i ašikovanje. Poje si ono mome Evrejče, što si češlja kosu i klne majku si, što gu rodi da je Evrejka... Ete na tuja pesnu gu sag kef; sal tuj pesnu poje eli goni mene da gu ja pojem...

— E zašto da klne majku, kad neje Evrejka?! — pita je Mane. — Risjanka je, ta što gu treba veće!?...

— Eh, a ti pa bajađim ne znaješ, bata-Mane, zašto!

— Živa mi nana — ne znam si, Vaske.

— Ama razbira se ubavo na šta prilega taja pesna! — veli Vaska. — Nije, demek, Zone žalna, što je Evrejka, veće to se za drugo ništo razbira...

— E, što je pa to drugo?

— Ete, žalna je, što je čorbadžijska kerka; a ima, ete, niki što nije čorbadžijski sin, a njoj gu pa mnogo milo za njeg'... a njojni vikaju... neje, ete, prilika.

— Za men' zbori li što?

— Zbori.

Mane opet ućuta i stade savijati drugu cigaru. Opet nastade pauza, koju prekide Mane.

— More, ti me l'žeš, Vaske?

— Ne l'žem te, bata-Mane... Dve mi oči!... Kako smem, da te l'žem!...

— Pa istin' li zbori si za men'?... Što si zbori?

— Zbori si... I plače si.

— Plače? Zašto da plače?

— Mori — odmahnu rukom Vaska — ti ništo ne znaješ, bata-Mane! Taraf-taraf se napraji kod nas dom... Život si nema od neknja!...

— Što, more? — veli zaprepašćeno Mane i ostavi cigaru.

— Ete za ono oro, i za igranje — izede si rezilak, em znaješ kak'v rezilak!...

— Pa koj gi reče za oro? Ti li?

— Jok ja!... Kazaše gi niki iz ma'alu. Ta svi skočiše sas rezilenje... Vikaju: ne prilega na čorbadžijsku kerku u oro igranje po ma'ale...

— E, a zašto pa igraše?

— Pa teb'-te videla... pa ne moga da si sedi, da ne igra, veće se ufati u oro i ona...

— Ona ti kaza to?

— Ba! Ne kaza mi ništo. Što treba da mi kazuje... — veli ponosito Vaska. — Znam si ja ubavo, zašto: „kude si ona toprv ide, ja se otutke vraćam", bata-Mane! Zar malko poruča ćuteci od tatka mi zaradi Mitka!...

— A zbori si nešto za men'?

— Pa... ete... zbori: demek, mnogo gu milo za teb'...

***

Iz daljeg razgovora doznao je Mane od Vaske, da je po čorbadži-Zamfirovoj kući pravi lom zbog igranja Zoninog, za koje stari Zamfir zna, a još više zbog Zonine naklonosti prema Manu, o čemu Zamfir i ne sluti, jer svi kriju to od njega.

Stara, iskusna i rečita tetka Taska uzela je na sebe tu tešku i časti punu dužnost, da opet izbije iz Zonine glave Manu kujundžiju. Zato tetka Taska i dolazi svaki dan, savesno i tačno kao hirurg radi operacija, i savetuje i teše Zonu: hvali Manulaća, a kudi Mana. Kudi mu stalež, a još više vladanje i povedenje njegovo. Počela je čak od oca Manina, Đorđije; ni njega nije ostavila na miru. Upravo nije ni spominjala ni pretresala Manu nego Đorđiju, dodajući, neka se Zona seti one reči, koja veli: da iver ne pada daleko od klade, i: što mačka omaci, da to miševe lovi — pa tako je i ovde s Đorđijom i sinom mu, Manom. Pričala joj je o pokojnom Đorđiji, kako je bio krijumčar, ubojica, noćnik i veseljak; pričala joj čitave romane Đorđijine sa nekom čengijom Zumrutom, koja je u svoje vreme i „u pesmu turena” zbog lepote, i proterivana i apšena zbog čestih tuča radi nje; koja je nekada bila lepa, bila omiljena igračica, a koja se sada smirila, i zato sada niti ide u aps, niti je meću u pesmu; sad mirno i savesno nosi fenjer i ambrele, i kao kaznačej je u nekoj čočečkoj družini. Čak je tetka Taska šanula Zoni na uho jednu strašnu stvar — koju je dugo krila i čuvala i kao poslednji metak izbacila — a ta je: da isti Mane ima brata (po ocu) među Ciganima!... I sad, kakav je bio Đorđija, takav mu i sin Mane, tvrdila je tetka Taska i uveravala Zonu. A to se pomalo moglo i verovati; jer Mane je dosta često jutrom bio predmet razgovora sa svojih noćnih podviga.

A u isto vreme, kad je kudila Manu, hvalila je onog Manulaća čorbadžijskog. Hvalila ga je i ona i sve tetke i strine a i majka joj Tašana, čiji je on najozbiljniji kandidat bio; jer je bio jedinac, jedini naslednik ogromnog imanja a, sem toga, primer poslušnosti, skromnosti, stidljivosti, celomudrenosti — dakle, takoreći, skup vrlina i prava protivnost onom Mitki čorbadži-Petrakijevom, opisanom u jednoj od ranijih Glava ove pripovetke. I da se tu nije pitao i hadži-Zamfir, kao otac, udadba Zonina za Manulaća bila bi davno svršena stvar. Ali kako se Zamfir baš nikako nije oduševljavao tom kombinacijom Tašaninom, jer mu se nikako nije Manulać dopadao — i ako je sin i jedinac i jedini naslednik njegovog inače dobrog prijatelja — to je vrlo često bilo čak i reči i svađe između Zamfira i Tašane. Zato neće biti zgoreg — čak pisac misli da je to neophodno potrebno — da u nekoliko poteza ocrta toga Manulaća, koji je ušao u kombinaciju, bio ljubimac sviju strini, ujni i tetaka Zoninih, i bio predmet i povod neprijatnih scena između roditelja Zoninih.

Priča o dobrom detetu Manulaću, koja je priča prava suprotnost onoj ranijoj priči o Mitki čorbadži-Petrakijevom

Manulać je bio sin česnih i bogobojaznih roditelja, Jordana i Perside, i nikada valjda ni u Starom ni u Novom zavetu ni za jedno dete nije se tako s pravom moglo kazati i napisati, da je vaspitano u strahu Gospodnjem i da je išlo stazom dobrodetelji — koja, kao što se zna, nije nikad primamljiva, ni lepo utrvena — i bilo radost i uteha roditelja svojih, kao što se to moglo kazati za Manulaća. S njim je bio zadovoljan i otac i majka još od najranijeg detinjstva njegovog. Otimali su se i koškali među sobom oko toga: čiji je Manulać više. Majka kaže: moj je Manulać, a otac kaže nije nego moj; majka kaže, to je moja ćerka, otac kaže: to je moj sin, naslednik i prestolonaslednik moj. Zato je Manulać dugo bio zagonetka; u mahali zadugo nisu znali je li muško ili je žensko! Jer kad je s ocem išao, bio je obučen u plundre; a kad ga je majka izvodila, plela mu je kurjučić i oblačila ga u fustančić. I kako ga je ona više izvodila nego otac, to su po drugim mahalama mnogi zadugo mislili, da čorbadži-Jordan ima ćerku. Kao ono što se priča za onu staru Rimljanku, plemenitu Korneliju, majku braće Graha, da je decu svoju smatrala za najlepši i najskupoceniji svoj adiđar, tako je isto i Persida smatrala svoga Manulaća kao najlepši i najmiliji adiđar svoj, i zato se nije nigda i nikuda makla bez njega. A on je to i zaslužio, jer je, i onako mali, već bio desna ruka u domazluku svojoj majci. On joj je čuvao od živine taranu i rezance, spremane za zimnicu, kad se to sušilo u avliji; on držao konac, kad bi ga namotavala na klupče; čuvao veš, kad se suši preko avlije; hranio živinu, i znao uvek tačno koliko ima petlova, kokošaka, pilića pa čak i snesenih jaja i od svojih i od tuđih, komšijskih, kokošaka, i to sve bez ikakvog duplog trgovačkog knjigovodstva! Iz dugog i savesnog nadgledanja postao je pravi — tako da ga nazovem — psiholog, pa je čak umeo da opazi: kad je koja kokoška, da prostite, u volji petlu, „Giganu" nazvanom; s kojom kad najradije deli zrno na bunjištu, a prema kojoj je opet ohladneo, pa je tera od sebe; dalje, tako isto nije se moglo izmaći njegovom pametnom oku ni to, kad koja njihova koka pogreši, pa snese jaje u komšijskoj avliji, ili obratno, kad je i gde je opet komšijska snela u njihovoj avliji. Sve je on to znao i imena svima njihovim i mnogim komšijskim kokoškama.

Tek uleti usplahiren pred majku i počne isprekidano:

— Nane! „Gigan" sag stade, ete, merak i ašik na „Gaćanku".

— Ako, sine, ako... — veli mu majka gledajući ga milo. — Toj si je njegovo petalsko znanje...

— A naša „Trša", ete, i „Kundaka" opuštile žalno glavu...

— Tugo — smeje mu se majka — ostaše si udovice i sirotice... ta što da čine!...

Ili drugi put, opet tako, uleti sav zaduvan sa po jednim jajetom u svakoj ruci.

— Nane! Naša „Titinka" i „Pirga" snesoše jajca u Todorčine, a ja gi uzedo' i doneso'! — veli mali Manulać, oliznu nos i predade majci skoro snesena i još vruća jaja. — Što da se arči mal!... Pare su to!... Nesu kruške divjake!... — dodaje i pogleda u oca.

A roditelji ga gledaju puni milošte, a iz pogleda im se razgovetno da pročitati kako blagodare nebu, što ih je obdarilo takvim pametnim i čuvarnim detetom. Pa još kada im on, onako zaduvan, stane da grdi „Titinku" i „Pirgu", što arče njihov mal po komšiluku, i doda: da su sag skupe pare — otac se prosto topi od silne sreće!

— Sag su skupe pare! — ponavlja mali Manulać. — Sag je oskudacija!

Kad ču reč „oskudacija", čorbadži-Jordan se samo lupi šakom po kolenu od silna čuda, pa se prosto zablenu u sina. Ne mogade više da odoli svom očinskom srcu, nego ga dočepa oberučke, pa ga stade ljubiti i šopati.

— Ah, sarafče i bančerče ti tatino!... Ovoj će kuče, Perso, bančer da mi bidne. Otkud ga izvadi pa *taj* reč, magare Jordansko! — kliknu blaženi Jordan. — Kako ga kaza *onuj reč,* ešeku ni jedan?... — navađa ga otac, da još jednom kaže... — A, što je sag za pare? A... kako ga reče?

— *Oskudacija!* — ponavlja mali Manulać oliznuv nosić, a turio prst u usta, pa se stidi.

— Aha! Magarence tatino! — zacenio se od silna smeha zadovoljni Jordan... — *Oskudacija.* Pa bre, dete, ja sol tri tovara poliza' — pa si ne znado' za taj reč, a ono, pazi kolicno je, pa veće znaje! Bre! Bre! Bre! Bre! — čudi se Jordan i jednako se šeta uzduž i popreko po sobi, pogleda svoga sinčića, vrti glavom i jednako pušta uzvike: Bre! Bre! Bre! Bre! Ovoj će magare — nastavlja oduševljeno Jordan — kad bude golem — s čaršiju — em beogradsku — da drma; ubavo da zapantiš, ovaj moj sagašnji reč, Perso!... *Oskudacija!...* Kad gu naučilo, bre! — čudi se jednako Jordan reči, koju je doista sad prvi put čuo, (i ako se svaki dan tužio kako: „nema stare godine i stari pazar") pa se diže u čaršiju među trgovce s mladim bančerčetom, kome majka uvuče peškirić i zakopča tur. Srećni i blaženi otac povede sina, da vidi čaršija jedno čudo od deteta; da Manulać pred trgovcima ponovi reč *oskudacija...*

I sad tako pametno dete, koje je tako mnogo obećavalo već u najranijim godinama, kada je oca ushićavalo — kako je onda tek majku Persidu srećnom i ponositom činilo! I zato nije nikakvo čudo, što ga je ona svud vodila sa sobom, da se podiči njime. Na slave, na patarice, postupaonice, na ženske praznike — svuda ga je vodila od najranijeg detinjstva njegovog, otkad se počeo u paticama od šest groša batrgati uz majku preko kaldrme, pa sve do osamnaeste svoje godine, kad mu je otac plaćao četrdeset groša za potkovane ekserima i potkovicama kondure. Svuda ga je vodila, samo ga je u hamam prestala ranije voditi sa sobom. Tu ga je vodila do njegove dvanaeste godine, a prestala je da ga vodi, tek kad sve žene skočiše u interesu javnoga morala, i kad je naišla na složan i jednodušan otpor i protest posetiteljaka hamama.

A to je bilo onda, kad joj je Junus-agina hanuma jednom primetila:

— Pa ti, čorbadžike, kako poče... dabeter!... Pa što si berem ne povedeš sas teb' i čorbadži-Jordana, te ga ne dovedeš pomeđu nas u hamam!... Od tada ga majka nije više vodila sa sobom, i tako je Manulać proglašen definitivno za muško. Od toga doba vodio ga je više i otac. U osamnaestoj godini kupio mu je džepni sahat i zlatan lanac. Toga dana, kad je prvi put obesio zlatan lanac i sahat, Manulać se osetio sasvim muško. Čak je prolazeći Leskovačkom ulicom namignuo na tri mlade Čivutke, koje su se šetale ispod ruke, ali s oba oka i tako nevešto, da su Čivutke prsnule u smeh, jer im se učinilo, da je Manulać hteo da kine...

I to je valjada jedini nestašluk i đavolstvo iz Manulaćeve mladosti, koja se obično bujnom i burnom zove. Jedini, velim, jer on je inače uvek bio stidljiv i nespretan, kad bi se slučajem našao u blizini ženskoga sveta. Najteže mu je bilo, što nije znao, šta će s rukama; srećom se tada sećao sahata, vadio ga i navijao ili gledao, koliko ima sahati na njemu.

Sa vršnjacima svojima se slabo družio, zato je najradije sedeo s ocem i s očevim društvom i slušao njihove razgovore, pune mudrosti i iskustva. Kad bi sedeo, uvek bi prostro najpre svoju maramu, povukao malo nogavice naviše od kolena, pa bi onda seo, i ne bi se digao, dok mu se prvo njegov tatko ne digne; samo u kafani bi on prvo oca opominjao, da se dignu i idu. S kokoškama je legao, s petlovima ustajao. Bio je štedljiv. Novac mu nikad nije potreban bio, jer nikad nije imao prilike da ga potroši. Čak mu se i majka ljutila, što ide tako bez novaca, kao da nije čorbadžijski sin! A ako ponese, on koliko ponese toliko i vrati — nekad čak donese i više, nego što je poneo. Jednom kad je pošao u „Apelovac" na strelište, dao mu otac sedam groša. Manulać popije pivo za groš, pri povratku kupi jagnjeću kožu za šest groša i odmah usput je proda za devet — i tako donese dva groša više, nego što je poneo!...

***

Eto toga i takvoga Manulaća hvalila je Zoni tetka Taska, a Mana kudila. Ali to sve nije još ništa pomoglo kod Zone. Jer, slušajući tetku, Zoni je Mane zbog takvog njegovog života samo izgledao interesantniji, a zbog staleža njegovog samo miliji i simpatičniji!...

— Ela, Vaske, zapoj mi onu žalnu evrejsku pesmu! — rekla bi Zona Vaski, sedeći tako često tužna na doksatu, i oturivši đerđef naslonila bi se tada na belu svoju ruku, a drugom bi se igrala sa dugim i bujnim kurjukom svojim, gledajući svojim velikim sanjivim očima preko niskih krovova okolnih kuća negde daleko.

A Vaska bi tada zapevala tu pesmu, u kojoj je Zona videla sebe i svoj zao udes, što je rođena u čorbadžijskoj kući... Zapevala bi pesmu, koju je već toliko puta pevala Zoni, kad god bi ovu ophrvali slatki osećaji i tužne misli i ona pala u melanholiju.

— Ela, Vaske, zapoj!... Žalna sam — žalnu mi pesmu zapoj!...

A Vaska zapeva:

Izlegoh da se pošetam
Niz toja pusta Bitola,
Niz Evrejskoto mahalo,
Niz tija tesni sokaci. —
Tam vidov mome Evrejče,
Na visok čardak stoješe,

Ruse kose si češlješe,
Drobne si solzi roneše,
I žalnu pesnu poješe,
U pesnu majku kolneše:
Zašto me rodi Evrejka?
Što me ne rodi Risjanka?!...

— Tugo, Vaske, što da prajim! — uzdahnu Zone.

GLAVA DEVETA

Ona je puna burnih scena i krupnih reči. U njoj je ispričana jedna propala misija tetka Dokina; ili, bolje reći, „Pošlji ludo na vojsku, pa sedi, te plači."

Bata-Tasko je održao reč. Raspitivao je i prokljuvio sve, i sad došao, da javi to Jevdi, Maninoj majci. Sve što je saznao, on joj je savesno i tačno referisao. Jevda se prosto iznenadila. To ne bi nikad ni slutila, a ni u snu joj ne bi došlo tako što! Ono, čega se ona bojala, od čega je strepila — to nije bilo — ali je ispalo iznenada ovo, a ovo je za nju bilo nešto skoro još gore! Znala je ona ponositost te stare čorbadžijske kuće, predstavljala već unapred sebi, kako će se to tamo čuti, kako propratiti i s kakvim podsmehom sve to uzeti. I odmah odlučno reče: da to nikako nije prilika i da od toga neće biti baš ništa! Dugo su se još živo razgovarali, kad ujedared upade tetka Doka među njih, baš kad su joj se najmanje nadali i najmanje je želeli. Kad je ona ušla, nisu odmah presekli razgovor, nego su ga polako privodili kraju izbegavajući sve one reči, po kojima se moglo poznati o čemu govore; ali sve im to nije pomoglo — tetka Doka je, kao i svaka radoznala ženska, mogla instinktivno a i iz dugog iskustva saznati, o čemu je reč bila...

— Lasno, mori, za toj! — umeša se tetka Doka, i na veliko zaprepašćenje njihovo dodade — Čorbadžijske kuće *mnogo su,* a naš Mane — *jedan si je* pomeđu momci i trgovci i čaršilije!...

— Ama neje to!... — ljutnu se Jevda. — Mori i ne znavaš, zašto si zborimo...

— Mori, sal dor ne vidim — znajem si sve ubavo. Od men' li će skutate ništo?!...

— Ih, kakvo je brljivo! — veli joj Jevda. — Mori, ništo ti ne znaješ!...

— Kako da si ne znajem! Bata-Tasko zašto, iskoči do teb'-ke?...

— Ama ne znaješ ti ništo! — brani se bata-Tasko. — Vika me snajka, ete, zaradi niku tapiju i livadu...

— Zaradi *nekosenu livadu* — znam de! Sol ručam, majke... — uverava ih tetka Doka, a oni se oboje ljute. — Bre, bre, bre! — nastavlja Doka. — Vidoste li, mori, našoga Manču, kako si znaje ubavo, što valja!... E, što je čovek *kujundžija*, pa se razbira u *zlato!*... Znaje, što je zlato; i kako se, ete, zlato topi!... Mašalah, Mančo — nesi zabadava sin na Đorđiju!... Đorđijina krv!... Aškoljs'n!...

— Ama neje ništo bilo! — odvraća je Jevda. — Za drugo ništo zborismo! Kako da bidne!...

— Jele, Jevdo! Što će da bidne ubavinja, kad se uznu! Ubav Manča, a ubavo, ete, i Zamfirče, onoj Zone — ta što će deca da gi bidnu ubava, sve na tatka i na majku!... A ti, baba gi, pa gi držiš na krilo!...

— Ih, crna Doko! — viknu očajno Jevda. — Kad će pamet da si spečališ veće!... Što si ne ćutiš veće!... Što si ne ćutiš, nesrećo, kad ti nikoj ništo ne kaza, ni te pa pituje?!...

— A što koj da mi kazuje, kad si sama sve znajem, i sve vidim. Zamiluvaše se deca, ta što... sag gi je vreme...

— Ama, Doke, pamet si beri! Baška su Zamfirovi, baška na Đorđijini!... Mi si zborimo za drugo ništo, a ona, pogle gu, kud ga iskaruje!...

— Mori! Znajem si ja! Lasno za toj! Men'-mi sal ostavite... brigu ne berite, a ja ću sama ubavo da duzdišem celu rabotu! Ja ću da

zaobikolim malko, pa će da iskoči ubavo, kako pod indžilirski plan!...
— reče i ode kao oluja.

— Što, što! — viknu zaprepašćeno Jevda i huknu — Tugooo! Što gu puštismo! Oće da ni napraji niku muku i rezil! A ludo je, ludo — pa sto oke je ludo!! — Deno — viknu Jevda — brgo po njuma, vikni gu, da se vrne, rekni gu na jedan reč. — Ali na nesreću Dena nije bila tu. Jevda polete, ali ne mogade stići Doku, koja je jurila kao vetar. Jevda se vrati u kuću s teškom slutnjom.

***

I naslutila je. Tetka Doka polete odmah pravo u Zamfirov kraj. Na ulici srete baš kao poručenu Vasku izmećarku, zaustavi je i stade raspitivati o ovome i onome. Vaska se iznajpre iščuđavala, snebivala i otimala, ali tetka Doka — onako kako je Bog dao — podviknu joj i razvika se na nju tako, da se ova uplaši, gore nego što se ikada uplašila od onih koji je plaćaju — i priznade joj sve, ama sve od az do ižice. A Doka je ne samo zaplašila, nego i vešto pitala; postavljala joj je tako vešto obična i unakrsna pitanja, da je ova sve kazala, i ne znajući šta je sve izblejala. I tako je Doka doznala i odmah shvatila i jasno joj bilo: da stvar po Manu stoji vrlo povoljno, i da je pravo čudo, što se već i svršilo nije. I ljuta na neveštinu i javašluk Manin, krene se odmah iz tih stopa Mani u dućan.

— A, takoj li je? — viknu mu tetka Doka još s vrata ulazeći u dućan.

— Što je? — pita je Mane.

— Što sam ti ja tebe-ti, a bre, magare!?...

— De, more! — čudi se Mane.

— Ešeku nijedan! A što mi ne zboriš?!...

— Što da ti zborim? — pita je Mane.

— Ono da mi zboriš, što si je za zborenje!

— E, što si je za zborenje?

— Ja što sam ti? Tetka li sam ti, što li sam?! Što si ćutiš kako nemak! Rod smo si... Komu će da kažeš muke i dertovi, ako na tetku si nećeš da kažeš?!...

— Ama, što da si zborim? Što da kazujem? — viknu ljutito Mane. — Za *koga* da ti kazujem?...

— Ete, za *čorbadžijske* da kazuješ... Što bre! Ja travu pasem, sol ne ručam — ta nesam čula za tvoje rabote!...

— E što si čula? — veli malo spuštenim glasom Mane.

— Da si frljija i stanuja merak na ono Zonče Zamfirsko, ete, toj sam čula!...

— Ba! — poriče Mane.

— Ti da si ćutiš. Sve razbra'! Sve si znajem. Sve mi veće kaza Vaska, izmećarka njojna. Ič da se ripaš kako pule, ni pa da me l'žeš... Sve, sve mi reče Vaske...

— E, što je znala da ti rekne, kad si i ona sama ništo ne znaje?!

— Ihaaa! — zasmeja se tetka Doka. — Za toj pa da mi je! Znaješ li, mori, nesrećo, da mi kaza — kako iz knjigu da si četeše, sve ti kaza: i što si Zone vazdan-dan zbori, i koje si pesne poje, i što si šnjeva i kako gu rezile one kučke, tetke i strine, a najveće ona grčka nesreća, Taska, tetka njojna, i kako gu fatija kara-sevdah... Sve mi kaza, kako pop iz knjigu da si četi...

A Mani milo. Brani se još neko vreme; poriče, spominje razliku između kuća, ali popušta, pomalo i priznaje, i milo mu bilo da čuje što više. Tako mu bilo milo, da je odbio dve mušterije, koje su došle da pazare, samo da se ne bi prekidao razgovor. I kad se uverio, da tetka Doka sve zna, on joj se ispovedi i prizna joj iskreno, da mu je Zona posred srca.

— Aha! — kliknu tetka Doka. — Takoj te iskam! I tatko ti takav beše!

— Teke... tetko, molim te... — veli joj Mane i diže prst — zborenje za toj ič da nema!... da se ne čuje ništo...

— Eh, što da se ne čuje! Lošo li je, pa da se kuta u kučine!? Zašto da se krije?

— Aman, Doke!... *Reč* da ne iskoči za devojku.

— Ta što... Za malko vreme...

— Kako za malko?

— Pa do „golem nišan", a posle koj da zbori... i što ima da zbori? — veli Doka.

— Bre, kako to zboriš! — viknu užasnuti Mane. — Kakav „golem nišan"!...

— Što, zar ćeš sal da gu gledaš! Da ližeš med kroz šiše?... Toj li?

— Ama jok! Za prošenje ič ne beše razgovor. Kako da gu prosim!? Koji su oni, a koji pa mi! Čorbadžijska kuća — i naša kuća!... Pamet si beri, Doke!...

— Iha! Lasno za toj! Ja ću ti izrabotim; ti sal sedi si, pa žmij!...

— Hehe! — smeje se Mane — što reče: „Žmij, da te l'žem!"...

— Ti si imaš tvoj zanajat, a ja si pa moj... Sedi si u dućan i gledaj si tvoj pazar — a ovoj su naše ženske rabote... Ti da vidiš, što će ti naprajim!...

— Doke! — viknu uplašeno Mane na nju. — Zmija će te uapi, ako naprajiš kak'v ešeklak!...

— De, mori! — umiruje ga Doka. — Ti me znaješ ubavo! Ne li smo rodljaci. Nesam govedo, selska nesam, ta da si ne znajem što je čaršijski red. Lasno za toj! Ja ću si sve polako... pa fino... *s politiku*! — reče i ode.

— Doke! — viknu Mane i polete za njom, ali ona beše već daleko...

***

Doka pođe, ali se usput seti, da je danas subota; ostavi to što je namislila za sutra, za nedelju, a toga je dana gledala samo, da se nikako ne sastane ni s Manom ni s Jevdom. Zato se krila po komšiluku.

Nedelja je. Kod hadži-Zamfira posle podne tišina kao i u svim kućama, gde se cele nedelje radilo a nedeljni dan željno očekivao. Stari Zamfir legao, da se odmori malo posle ručka, kao što je to odvajkada naučio. A čim je on prilegao, celom kućom je odmah ovladao neki dremež i carstvovala neka svečana nedeljna tišina, jer kad hadžija spava ne smeju ni vrapci ispod krova dživdžakati. — U drugoj sobi, odmah do sobe Zamfirove, poređale se na minderlucima: domaćica Tašana, Taska i tetke, Kaliopa i Uranija. Poduprle zid leđima, podavile noge i metnule ruke na trbuh, pa dremaju, jer su naučile da se tako najpriličnije provodi praznik. Zona u sobi do njihove. A one sede i šapuću, čude se, što im nema nikoga. Nije došla ni Aglajica, da im ispriča i raportira sve što se desilo za poslednju nedelju dana, a nije tu ni Zujica, da im razmeće karte, ni bogata baba Hrisanta, da ih gnjavi pričajući im nadugačko i naširoko o svojoj parnici, o sudu i advokatu. I baš kad su se one tako čudile, što im nema nikoga, čuše spolja neki glas.

— Hadžika, ete, dom li je? — pita nepoznati glas spolja.

— Dom si je. Ama hadžija, ete, spije… — čuje se Vaskin glas.

— Ta što, ako spije! Kod njeg' i ne iskam, veće kod hadžiku…

I dok se ove domišljahu, ko li će to biti, otvoriše se vrata i tetka Doka upade u sobu. Da je drugi ko kroz sam sulundar upao među njih, ne bi mu se tako začudile kao ovo sada njoj.

— Zdravo li ste, živo li ste? — zapita ih zatvarajući leđima (i već ostalim) vrata za sobom. (Da bi se, dabogda tako i usta dušmanima zapušila!…)

— Zdravo, ti kako si, Doke? — prihvati joj Tašana, pa se tek pogleda s Taskom, Kaliopom i Uranijom; jer im svima dođe čudno već samo to, što je banula u kuću, a još čudnije, što je na taj način zatvorila vrata, jer je to u običaju samo pri proševini. — Sedi si, Doke! — nudi je domaćica.

— Što prajite? — pita ih Doka, sedajući na minderluk prema njima.

— Sedimo si! — odgovaraju one kroz zube.

— Žmijete, kako mačke ispod nakladeno kube...

— Ej, Doke, Doke! Ti si ostade jošte pa ona!

— Što će si činim! K'smet! — veli Doka.

— Damno te ne beše pri nas... — reče joj s neke visine Tašana.

— Ama, imam si, ete, niku muku — a ni sag vi ne bi došla!

— E, što si imaš? — pita je Tašana. — Sedi si na jedno kafe.

— Nesam si došla za kafu, veće...

— Vaske, mori! — prekide je domaćica. — Vaskeee! — viknu Taska.

Uđe Vaska i domaćica joj reče, da ispeče četiri kafe. Vaska odmah usu kafu u fildžane sa zarfovima i unese i posluži ih.

Doka se iskašljuje i sprema da otpočne, srče kafu, razgleda po sobi, pa najzad poče:

— Došla sam si, ete, na jedan eglen... Zaradi neku poslu... E što si stala tuj pri men' kako šiljbok niki! — obrecnu se odjedared Doka na izmećarku. — Iskoči si, dete, umem si ja da pijem kafu i bez teb'! — reče i izvadi tabakeru, pa stade zavijati cigaru. Zapali je, stade puštati dimove. Zamislila se, a očevidno misli o tome, kako bi da onako što poizdalje i što finije otpočne.

— Što ne udavate, mori, Tašano, onoj vaše čupe?...

— Koje čupe?

— Ete, ono vaše Zone?

— Pa će gu udavamo.

— Pa što čekate veće?! Neje daskalica, ta da si sedi u te godine.

— Što je pa tebe-ti za njuma? — odbija domaćica. — Ostavi tija reči!...

— Što gu ne davate onomu, na kojega je, ete, merak?...

— Merak! — prekide je Tašana. — Ajde, kako zboriš ti pa to!... *Merak*!... Zar *dete* će da ima merak!?

— Koj si je dete?

— Pa naše Zone... Deca, mori, neje ti ni sram!...

— Kakva deca!... *Deca*, vika... Mori, ni u turcko vreme pa ne imaše deca — ta sag u srpsko, u čkolje, pa će deca da ima!... U sagašnje vreme deca — beše mu! Zašto si uče čkolju, i jaziju — zar deca da si ostanu?!...

— Ama, de! — prekida je Kaliopa. — Neće da zborimo za toj. Kad stigne u tej godine, demek da je za davanje i udavanje — lasno za toj... Što kazaše: Zlatu će se kujundžija nađe! — završi ponosito tetka Kaliopa.

— Pa, brljivke jedne, što vi ja zborim!? Pa ja vi za *kujundžiju*, ete, i zborim...

— Kako reče? Što zboriš? — prekide je domaćica. — Za koga zboriš?

— Za Manču našoga! Zašto gu ne davate, kad se deca, ete, begendisuju?

— Pogle gu, što si zbori žena brljiva! — veli Tašana Taski. — Koj ti reče za begendisuvanje?

— Zna si cela ma'ala, i sav grad — ta ja da ne znajem! — odgovara Doka. — Mori, znajem si sve; sve mi kazaše, mori, kako na kadiju mi kazaše sve!...

— Koj ti kaza? — pita je tetka Kaliopa.

— Toj si je moje znanje, koj mi je, demek, kazaja — ama ja si ubavo znajem... Pa za toj, ete, iskoči' sag do vas, da ve pitujem: eli vi je devojče za davanje?

— Neje ni dete za davanje! — odgovaraju obe tetke, i tetka Kaliopa i tetka Uranija.

— Mori, koj ve pita: briči li se vladika; ja si s domaćicu zborim! — veli im Doka preko ramena, pa nastavlja dalje mirnim tonom. — Ta ako iskate priliku za vaše Zone, e, ja si imam jednu priliku... pa za toj i iskoči' sag do vas... Momak si je krotak, ubav, esnaf-čovek, radi sas prvi...

— Imamo si, imamo — prekidaju je jednoglasno i složno tetke Kaliopa i Uranija. — Što ni treba ti pa da nam ga kazuješ?...

— Ta što... ako ste, demek, čorbadžike? A zašto ima onaj reč: „Devojačka su vrata svakomu otvorena!?"

— Docna si se prisetila, Doke... A za Zonu imamo si veće priliku! — veli Uranija. — Koj si je našeja prilike za stareje sestre njojne, taj će i sag lasno da nađe i za njuma.

— Od našoga Manču ima li, dede, zbori si, poubava prilika? U sav grad ima li pomomak od njeg'!? Ima si dućan, em kak'v dućan, uzeja je sag pod ćiriju i onaj do njeg' što je dućan, pa napravija odi dva jedan golem... Ima si zanajat, zlatne ruke: pri vladiku iskače u pol dan u pol noć — tol'ko si ima čes' u varoš... Ima si, bre, i kasu za pare i espap, kako jedan trgovac, a ne kuta pare po avliju i po tavan, kako, ete, mačka što si kuta... Stade prvi kujundžija od Beograd do Peć i do Prizren!... Mori, pa i da si nema pare, što je pa za toj!? Kad se deca miluju — što gi trebaju pare?! Znaješ što se zbori u onuja pesnu:

Ako pare nemame
Oka i pol sevdah imame.

Mladinja su bre, lepotinja su, i on i ona — sto oke sevdah će imaju!... E, što iskate više?!...

— Neje sproti trgovačku i čorbadžijsku kuću... — umeša se tetka Taska, koja se dosad dosta rezervisano držala i pustila one druge dve tetke da govore, a ona zadržala za sebe kao neku završnu reč, pa sada poče dostojanstvenim tonom, a i ne gleda na Doku, već gleda kroz prozor u avliju. — Činovnik, ete, iska činovničku, oficer oficersku priliku; esnaf sproti esnafa a trgovac sproti trgovca iska priliku, demek — toj si je red u ovaj svet! — završi odsečno i odlučno tetka Taska, pa se okrete još više od tetka Doke.

— Mori, razbiram si ja, Taske, tvoje zborenje! — veli joj Doka, a prebacila nogu preko noge, pa bećarski pušta guste dimove. — Razbiram si, ubavo razbiram. Teb'-ti kef i milo i navodadžija si za onoga zevzeka čorbadži-Jordanovog, onog Manulaća... za njeg' ti milo...

— E milo mi, de! Što ke mi činiš?

— Kad ti milo za njeg', a ti se tag sama udadni za njeg'; udovica si... A što pa ti tol'ko smićeš?

— E, ja sam si tetka na Zonu! — veli Taska.

— Ja pa tetka na Manu! — odgovara Doka.

— Men' mi kef za Manulaća — veli Taska.

— Men' pa za Manu! — veli joj Doka, pa se okrete ostalima. — Aman, žene, tako vi Velik-dan ne zacrneja, biva li Zona za Manulaća — prilika li je?!

— Za Mana ne biva! — veli Taska.

— E, zašto da ne biva?

— Hehe! — osmehnu se prezrivo Taska — „Gaki nema — svirka saka!"

— E, dajte gu, podajte gu za nepriliku, za Manulaća toga — planu Doka. — Ama poslen da vi ne bidne krivo, kad, ete, stane da „praća šeftelije" po drugi...

— Što reče? Nesrećo nikakva! — planu Taska i one druge dve. — Neje te ni sram: esnafska žena — pa pogle kako si zbori! Koj da praća šeftelije — zar čorbadžijska kerka?! Na koga da praća?

— Pa — poče zajedljivo Doka — sag neće da praća na bimbašije i miralaje — zašto gi veće nema — ama će da praća na Risjane — a bruka i toj...

— Zar čorbadžika?...

— Lelee — osmehnu se Doka — malko li gi znajem!... E, što je bila ona Sika, turena u pesnu? Za koga se poješe u onuj pesnu, u onuj risjansku sramotu našu? Za koga se poješe; za esnafsku, eli za čorbadžijsku Siku:

Zašto, Sike, zašto pod čadar da ideš?
Ako, dado, ako, miralaj me zove,
Miralaj me zove, na tatli baklavu.

— O Gospodi! — krste se tetka Uranija i tetka Kaliopa od čuda što ih snađe.

— Što je bila, koja je bila, ete, ta Sika, u pesnu turena? Zbori si, nesrećo grčka! — razvika se Doka, pa završi: — A ti, Tašano, podaj si dete za onoga Manulaća, berem će da imaš ubavo unuče... šebeka ćeš imaš a unuče jok! — reče i ljutito zalupi vrata za sobom i ostavi ih zaprepašćene. Samo su se krstile i vikale: O Bože, o Gospodi! Lelee! Što se napraji džumbus i rezil'k!

Tolika larma probudila je naravno i staroga hadži-Zamfira. Morao se i on umešati i jedva se razabrao, onako bunovan, i saznao u čemu je stvar tek onda, kad je ispraćao Doku.

— E, lošo li sam zborila? — brani se Doka. — Što da neje prilika, kad smo, ete, jedna vera...

Stari Zamfir je umiruje i sve bi se mirno svršilo, da Doka nije dirnula u stalež.

— Vika, *čorbadžijska* kuća, *čorbadžijska* kerka! E veće nema! I čorbadžijsko neje do veka...

— E, dosta de! — veli joj ozbiljno čorbadži-Zamfir. — Došla si, navodadžisala si, ništo neje bilo — e, sag se vrćeš... Sas zor ne biva!...

— E, zašto da neje Manča prilika?!... Zar što su čorbadžijski?

— E de! Debarsko neje ovo, ta da se otimaju devojke...

— Mori, i vaše se znaje! — planu Doka. — Deda kako ti se vikaše, kako se prezivaše — Koritar, a njegov pa tatko, kako ga zvaoše u čaršiju — Vrtivagan... Ta sag: „Mi smo čorbadžijski”!...

— E, dosta veće! — reče Zamfir i diže obrve.

— A što pa? Ako ne uzne iz vašu kuću — će ostane neženet? Mori, za toj lasno. „Imaš si grbinu, samarice dosta”; ta i za Manu i ženenje njegovo lasno...

— Može, ama sproti seb’ priliku.

— Zapamti, hadžijo: „Svet je ovaj kao kakav merdiven — jedan se kači, a drugi pa sliza” — ta i s vas čorbadžije takoj si je. Zar malo li gi ima od vaši, što si beoše prvi trgovci — a sag, zvonari i klisari, pa pale prangije, kad slavi Pantelejska crkva... Mori, ti slizaš niz merdiven, a moj Manča se toprv kači...

— Bre-bre-bre! „Videlo se kuče u čašire, pa se fatilo u oro” — veli čorbadži-Zamfir sav zelen od ljutine. — Ta i tvoj Manča...

— Koj je „kuče”, nesrećo čorbadžijska!? — ciknu Doka. — Znaješ li, bre, ako dofatim sag ove nal’ne (i pokaza mu silne nalune pred vratima) sve ću ti ga frljim i obijem o glavu... Ću te bombadiram po tu glavu, kako Srbi Mitad-pašinu tabiju na Vinik! Nesrećo Vrtivaganska i Koritarska!...

— U kuću si mi, što da ti prajim? — veli uzdržavajući se domaćin, a sav bled od ljutine.

— Mori, i nasred čaršiju i tuj ću se tepam i s teb’ i sas zeta ti, onoga šebeka za Manulaća, za onaj reč „kuče u čašire”! — razdera se Doka i ode ljutito, i ostavi zaprepašćenog čorbadži-Zamfira, koji se samo krstio levom rukom i govorio: „O, Bog da čuva!... O, Gospodi Bože!”

GLAVA DESETA

U ovoj pripoveci ovo je prvi i jedini dijalog dvoje zaljubljenih. Dijalog nije nimalo pikantan, čak ni interesantan; a to je prosto stoga, što je tamo u tom svetu sramota da se muško i žensko i pogledaju, a kamoli razgovaraju. (A i da nije tako, opet bi dijalog bio vrlo običan, jer u takvim prilikama zaljubljeni obično ne znaju šta da razgovaraju, ili razgovaraju koješta.)

Sutradan u ponedeonik, kad se na sefte i na seftedžiju mnogo polaže, banu u Manin dućan niko drugi nego baš sama glavom tetka Doka. Došla je, da mu kaže sve šta je i kako je bilo, i pošto se sve rđavo svršilo, da ga, naravno, i uteši. Mane je sve ono u subotu već bio smeo s uma, i nije mogao ništa ni slutiti, i zato mu je ovo sad sve novo i iznenadno bilo. Bio je kao gromom poražen čuvši sve do sitnice, kako je stvar tekla i kako se razvijala. Bio je utučen i neutešan. Tetka Doka ga je najpre izgrdila a posle tešila utešnim rečima: da se ne brine, da ne očajava, a naročito neka mu nije ni najmanje krivo, što je ona tako prošla, jer im, vala, ni ona nije ostala dužna.

— Ič, da se ne ljutiš — veli mu Doka — ič da nesi žalan! Ako, što ti ne dadoše devojče!... Ta što pa da ti je za toj! „I bez petli može da se osamne”; ta i ti da se oženiš i bez njinu Zonu!... Mori: „Dok si imaš grbinu, će nađeš lasno i samaricu”! Lasno će nađeš — em ne jednu, veće koľko iskaš devojčiki! Ama, žal da ti neje, krivo da ti neje!... Nesam si ostala postidna!... Ama gi i *ja*, berem, ubavo kaza!... Znaješ li, Mančo, da te neće više da poglednu zaradi onija moji rečovi — kol'ko gi ubavo kaza!... Mori, tvoje „živo-zdravo" neće prime više!... — veli mu zadovoljno tetka Doka odlazeći. — Mori, sag da gi iskaš i onu njinu drtu tetka Tasku, da se s njuma ožeiš, pa i tu ti ne bi dali — tol'ko stadosmo, ete, dušmani sag!...

Tako je govorila zadovoljna tetka Doka. Ali je to, naravno, slaba uteha bila za Manu. Celoga dana bio je kao ubijen: ni posao, ni pazar, ni razgovor — ništa mu se sve to nije mililo. Reči tetka Dokine mu jednako bruje u ušima i raspaljena mašta mu živo predstavlja tu scenu između Doke i Zamfirovih. Strašna mu je bila i sama ta pomisao, da je Zona sve to morala čuti i videti, a još mu strašnija beše pomisao: šta je sve morala pretrpeti Zona posle svega toga od svojih u kući!... Zato nije imao mira, nego je odmah sutradan potražio i našao izmećarku Vasku i raspitao se i saznao sve, šta je i kako je posle odlaska Dokina bilo. Od Vaske je doznao, da je Zona grdno mnogo propatila zbog toga od sviju, a najviše od oca, koji dotle nije ništa znao, i kome su tek sada sve kazali, i potužili mu se, kako se odavna nose sa Zonom. I sad su svi složno: tetka Taska slatkorečivošću, majka prokletstvom, otac strašnim pretnjama, a sve tetke, strine i ujne dugačkim pridikama i klevetama, složno saletele Zonu; i koje čudo onda, ako je Zona podlegla, popustila i postala druga, postala opet ona stara, ponosita, uobražena, hladna, čorbadžijska Zona!...

Vaska je istinu kazala.

Po odlasku tetka Doke nastao je kod Zamfirovih pravi lom. Zona je iz pobočne sobe sve čula, a onu scenu između Doke i Zamfira i čula i videla! I čim je Doka otišla, stari Zamfir plane, silno plane gospodarskim gnevom na svoju mezimicu Zonu, kao nikad dotle u životu. Onaj pljusak od grdnji što je Doka sručila na njega, tako ga je razdremao i rasanio posle spavanja, da nije ni tražio izmećarku, da ga po običaju polije vodom, kako je to redovno četrdeset godina radio. Pomislio je da je sve to, ta Dokina poseta i proševina, udešeno sa Zoninim znanjem i pristankom, i zato je planuo na Zonu, silno planuo, i bio ljut kao nikad u životu.

— Toj li su tvoje čkolje i tvoje znanje!?... Toj li te učila daskalica u čkolju?! — zagrme Zamfir na mezimicu svoju tako gromoglasno, da iz komšiluka radoznale ženske poleteše na zid, da čuju šta je, ali kad razabraše, da je čorbadžija nešto ljut — razbegoše se sa strahom u odaje svoje... — Šeset i jedne „mesnice" prekaraja sam u moj vek, ču li, kuče nijedno — grmi stari Zamfir — i jošte me niko ni u turcko ni sag u srpsko vreme takoj ne orezili, ni me jedno kuče tolko uapilo — kako sag ova orospija... Ti li gu kaza i prati gu ovam pri nas, u dom mi!? Ubavo mi obele obraz! Hadži-Zamfirska Zone se faća u oro... iska da se orodi sas ludu Doku, Doku da vika: tetko!

— Pa berem da je trgovac niki... — dodaje tetka Taska i potpiruje gnev. — Preduzimač, eli liferant... veće kockarin... fukara... Metne si krastavicu i pol lepinju pod mišku — toj mu ručak u dućan... A i dućan pa što mu je!... Kakav mu je!... Dućan mu kol'ko sarafsko či-futsko sanduče... Pa, ako što je sirotinja — ama, berem, da je momak krotak!... Veće — džimpir, kockarin, komardžija, lovdžija i binjedžija i džambasin; skita se povazdan-dan s pušku po lojze — kako poljak eli pudarin; a po svu noć mu svire Cigani i igraju čengije, a on si pije kako derviš i arči si ma'l sas one nesreće!... Turi si nož u stol, eli frlja tufeci — kako Debrelija... U svaku ma'alu ima si po jednu, na koju je frljija merak...

— Dosta de! — prekide je Zamfir, ali tetka Taska ipak nastavlja.

— ...Onoj mu treba za kef, a ovo *naše* pa za pare... i što iska da si ulegne u čorbadžijsku, potakvu familiju...

— E, dosta sag, Taske!... — preseče je domaćin.

— E, biva li toj od esnaf-čoveka! Red li je? — nastavlja tetka Taska. — I Zona, i Kalina, i druga nika!... Pa biva li, majke!?... A ubavo si reče naš, ete, Božin dungerin: „*Dve* lubenici, reče, pod *edna* miška — *ne* se nosat!"

— Ama kako započe — veli Zamfir — neće nijednu ponese! Ja paše u turcko vreme pa surgunisuvašem, ta sag...

— E, toj da učiniš! — draži ga tetka Taska. — U surgunľk!... Nek' znaje i zapanti, kuče, što je čorbadžijska kuća...

— Ovoj da zapantiš! — grmnu hadži-Zamfir odlučno Zoni. — Sal jošte jedan put da čujem niku lošotiju za teb' — iz kuću te ne puštam... Tuj ću te zakopam! Čaršiju i beli svet veće neće da vidiš! Kako ona kumrija — reče i pokaza na jednu što je u kafezu — veće beli svet neće da vidiš!... 'Oće da te zab'ravi i sokak, i mahale, i grad — i nikoj neće ni da znaje da si hadži-Zamfir ima na dom devojku!... Razbra li, mori?...

— Razbra'!... — reče oborenih očiju i dršćući Zona.

***

Kao i svaki čovek i Mana je imao neprijatelja, koji su jedva dočekali, da ga uzmu na rešeto. I ako stari Zamfir ne samo da ni reči nije nikome proslovio o toj nemiloj sceni, što je čak strogo zabranio da se ikome van kuće i rečca jedna rekne, ipak nije nikako, ama baš nikako moglo to ostati tajna, već i zbog samoga toga, što se to doista desilo, a još više zbog toga, što se to, nađavola, desilo u prisustvu pet žena (računajući tu i Doku) od kojih su dve — Taska i Doka — bile savršenije i, po tome, i strašnije za rasprostiranje uznemirujućih (i istinitih i lažnih) glasova — nego neki list, koji se rastura u deset hiljada primeraka!...

Zato se brzinom munje rasprostrla priča o tom događaju. I glavno i detaljno znalo se vrlo dobro, jer Taska je svakome tačno pričala, šta je ona kazala Doki, a Doka opet šta je sve ona kazala i Taski i Zamfiru. I po mahalama i u čaršiji se nekoliko dana samo o tome govorilo. A da je priča u glavnome porasla u obimu i detalji joj se umnožili — nije nužno valjda ni spominjati. Čak i one dve poslovice, koje su već davno bile zaboravljene, sad su oživele, upotrebljavale se i počele opet cirkulirati. Šta je samo dosetaka na račun Mane palo, naravno, većinom u njegovom odsustvu, pa čak i poizdalja nagoveštavanja u njegovom prisustvu; tako da je jedan takav dosetljivac sutradan išao s otečenim obrazom, i na pitanje: šta mu je, tužio se, da od kutnjaka svu noć nije mogao oka sklopiti.

Za Manu je to stanje vrlo nesnosno bilo. Jednako je mislio i razmišljao o tome, i učinila mu se stvar bez izlaza. Proklinjao je i onaj čas, kad je sludovao i priznao tetka Doki jade svoje. I tek kad mu je ona opet došla i ponudila mu se da popravi celu stvar — tada se tek još više uplašio i rešio se, da sam pokuša još jedan i to poslednji, korak, da se, to jest, sam on sastane sa Zonom. Da je zaustavi, oslovi, da je upita on sam poslednji put... Ako ništa drugo, a ono bar da skine sa sebe odgovornost, da zagladi onaj nemili događaj; da dokaže da on sam ništa tome nije kriv, nego ona tetka Doka, pa neka se odbije na njenu ludost...

Ali sastati se i razgovarati bilo je teško u ono vreme kod toga sveta, koji je na trotoarske šetnje, parkove, koncerte, pevačka društva i škole igranja — uopšte dakle na sve te stvari, gde se mlađi svet može sastati i izmenjati poglede i misli — imao svoje naročite i čudnovate misli i — kako bi neki pobornik emancipacije ženskinja rekao — zastarele i nazadnjačke poglede. Uz žensko, dok je devojka, obično je uvek ili majka ili tetke i strine; a kad se uda, onda opet svekrva, jetrve i zaove, tako da nikad nije sama; a i ne bi umela sama da ide i da se nađe, baš i da joj se da sloboda, isto kao ni kanarinka, kad bi je pustili iz kaveza. Jedino kroz kapidžik u komšijsku avliju ili preko sokaka što je umela i smela sama poći. Zato i nije bilo lako Mani; i prošlo je poviše vremena, dok je mogao sresti i osloviti i reč-dve nasamo razgovoriti s njom. Ali šta ne može čvrsta volja i odlučna namera! I Mane je vrebao i najposle uspeo.

Jednoga dana u prvi sumrak, baš kad se umotana u bundu, pošivenu zelenim atlasom, vraćala Zona preko sokaka od sestre Kostadinke, koja je u drugom sokaku stanovala, iskrsnu Mane iz mraka i stade pred nju. Vaska se izmače uplašeno u stranu.

— Lele, Vaske, pazi si! — šanu Zona i stade sva uzdrhtala i plašljivo se osvrtaše, da je ko ne vidi. Srećom niko ne prolazaše ulicom, jer već beše vreme, kada građani spuštaju po kućama čiviju na portu, i svi ukućani već davno su kod kuća. I nikoga po ulicama ne beše, samo što noćni stražar daleko tamo u mraku što se vidi i čuje se, kako se nešto razgovara s hadži-Jordanovim mačkom, koji se polako šeće po ćeramidama visokoga zida.

— Što ti trebam! — prošapta Zona tiho i pažljivo.

Vaska je razumela. Izmače se još malo i stade stražariti i paziti.

— Zone! — oslovi je Mane i iskašlja se tiho.

— Što iskaš? — šanu Zona, pa se i ona tiho iskašlja.

Oboje stali tako, pa stoje tri koraka daleko jedno od drugog; oboje oborili glave i glede preda se.

— Zone, na jedan reč...

— Pušti me! — veli mu uplašeno Zona i okreće se na sve strane.

— Ti ne slušaj, ete, onu budalu, onu Doku (Tetka mi se pada, ama je ludo!..). Ne slušaj gu što si je tam pri vas zborila! Nikoj gu neje pratija — sama si, brljiva, ode pri vas!...

— He, lagala je što je zborila? Ne li?

— Neje, ete, lagala — ama... ete, neje trebala da zbori!...

— E, što mi kazuješ... što mi treba toj?...

— Zone — reče Mane i priteže pas oko sebe. — Ja san nemam... Ja za večeru ne znam...

— Lele! — reče malo podrugljivo Zona.

— Ja vino točim, vino ne pijem; pesnu iskam, pesnu ne slušam, a sve zaradi tebe, Zone!... U lov idem, pušku ne ispalim! Ništo ne znajem za sebe, a sve zaradi tebe!... Ja si idem, pa... kako onoj govedo kada se, ete, napase od travku zanovet... brljiv stado', Zone!

— He!...

Mane ućuta. Nastade mala pauza. Mane se maši tabakere i stade praviti cigaru.

— Pušti me! — otima se Zona.

— Ostani jošte malko! — zaustavlja je Mane. — Vardaj, Vaske!... Od tatka mi ostade kuća i lojze i njive... a ja si i sam jošte kupi i spečali. Znajem si zanajat, esnaf čovek sam...

— Znajem...

— Imam si dućan.

— Znajem, de.

— I mušterije imam sijasvet...

— Dobro, de!

— Kuća mi puna...

— E, što mi zboriš sag pa toj?...

— Nesam siroma'... mogu da si imam ženu... mogu da si 'ranim pol teste žene — tol'ko si ubav pazar imam!...

— Stani poturnjak, pa si uzni i celo teste...

— Da ne da Gospod... ja si jednu sal iskam...

— Pa puno gi u ma'ale...

— Puno, ama za men' sal jedna što je...

— Pušti me, da si idem! — reče Zona i izmače se, a Mane je zadržava i veli joj:

— Kod men' nećeš da živuješ, kako naše žene što si živuju pri mužije... Ni sas cvet neću te udarim!...

— Hm!

— 'Oću da te pazim... da ti lackam... da te slušam... Kao pašinicu ću te nakitim i nađizdim!... Sal za teb' ću radim kujundžilak... Momci i čiraci mi, oni neka si rade za mušterije, a ja ću sal' za teb', Zone, da kujem srmu i srebro i zlato — teb' da nakitim! Da te nagizdim, ta da se sjaješ i svetliš kako u crkvu sveta Bogorodica Trojeručica!... Za teb' ću sal da radim od jutro do mrak — što mi treba pazar i mušterije!...

— A što će da ručaš, kad si ne pazariš?! — prekide ga zajedljivo Zona.

— Ne slušaj dušmani moji po ma'ale... Nesam takav, Zone, kako kazuju... Ću te slušam; kad mi rekneš: ostani si, ću si ostanem, kad mi pa rekneš: idi si, ja ću si idem...

— E pa, ete, kazujem ti sag: idi si, pušti me! — reče Zona i izmače korak-dva.

— Ostani jošte malko! — reče i priđe jedan korak.

— E, što iskaš? — zapita ga zlovoljno i nestrpljivo Zona.

— Tatko i majka ti ne begendisuju me — toj si znajem ubavo. Za toj te ne pitujem, veće za drugo... — reče Mane, pa stade. — E... Vaska... lagala li je, kad mi je, ete, abere donosila, i zborila, ete... „Pozdravila ti se Zone"?...

— Toj si je njojno znanje... Što me pituješ? Može da se posmešila, a trebala da rekne: „Pozdravila ti se Kalina".

— E, što pa Kalina?

— Zašto ti je prilika...

— Što mi ti pa zboriš sag tuj za Kalinu?! Kalina će si dočeka svoju sreću... A ja si pa iskam i tražim moju... Neje pisano za men' i za Kalinu...

— Pa si pročeteja što je pisano?...

— A ja si... — veli zbunjeno Mane — ete... iskam... ako je demek, k'smet... iz vašu kuću...

— Hehe! — osmehnu se Zona. — Taka ko će sag bidne toj!... Vaska ni se udava... Bija gu veće i „golem nišan"...

— Za Vasku neje reč... Ima jošte za udavanje iz tuj kuću... Zone, more — reče dršćućim glasom i isprekidano Mane. — Ja si znajem sve... Teb'-te stra' od tatka... Stareji tvoji, ete, ne davaju te... Ama, lasno za toj! Ni tatko mi Đorđija neje se oženija sas alal, demek, odi nanini stareji, veće sas zor; ugrabija, demek, što si miluvaše... I ja ću takoj naprajim... Sal ako ti iskaš — lasno za sve! Ja si imam golemu rodninu... Ću te odvedem u kuću rodninsku; sedi si tamo sas svaki čes' do venčanje... Od koga te stra'? Koj ti što može!? Ja si imam sijasvet kardaši i pobratimi; će izginemo — a teb'-te neće davamo!...

— Jok!

— Zašto?

— Nesmo prilika...

— A ti, imaš si priliku?

— Imam si... — veli Zona zlovoljno.

— Koju?

— Malko li gi je — veli koketno i ponosito Zona — ta da gi pantim...

— I Manulać?

— Koj znaje...

— E sal Manulaćevica neće da bidneš!

— Bre-bre!

— Zone! — reče Mane molećivim glasom.

— Ostavi me!

— E, što si me tag lagala i abere praćala?... Vaska što je donosila abere od teb' do men'?...

— Mori — reče dosadno Zona — Vaska mogla da si zbori što si miluje — toj si je *njojno* znanje...

— Tol'ko?

— Tol'ko se zbori... — reče hladno Zona i okrete mu leđa.

— E, kučko čorbadžijska — jeknu do srca uvređen Mane — tag će skore da čuješ i za *moje znanje!*... Će me neki ubavo zapanti i plati mi za onaj tatka ti reč „kuče u čašire"!...

— Uhuhuhu! — prsnu u glupi smeh izmećarka na ove poslednje reči. — Lele, tugooo! „Kuče u čašire", kakoj mu je pa to! — smejaše se jednako Vaska i smeh taj pređe i na Zonu.

— Ihaha! — zasmeja se Zona i zovnu Vasku izmećarku, pa odoše obe smejući se a ostaviše Mana, koji, sav obliven po čelu graškama znoja, jednako gledaše za njom. I kada uđoše i zamandališe visoku kapiju, još se iz čorbadžijske avlije čuo kikot i smeh, i slušao ga Mane, koji je kao skamenjen, još jednako stajao na istom mestu, utučen i nesrećan kao iz raja izgnani Adam, što je pogružen stojao pred zatvorenim edemskim vratima...

GLAVA JEDANAESTA

U njoj su neka strašna i luda priviđenja i snovi, što su bili prirodna posledica ispričanoga u prošloj Glavi, a što će opet isto tako (unekoliko naravno) biti uzrok onome, što će se ispričati u idućim Glavama.

Kad je došao kući, bio je Mane kao u groznici. U grudima mu besnela bura, a u glavi rojile se silne misli i slike. Preturaju se jedna preko druge, a glava da prsne. Ni tumaranje po ulicama, ni pokušaj da se razgali u veselom društvu i da zaboravi nemio večerašnji događaj; da svirkom i igrom zagluši buru koja mu je besnela u grudima, sve mu to nije pomoglo! Zato je i došao kući ranije nego što obično subotom dolazi, jer se nadao da će bar tu, u starom i skrovitom i mirnom svom gnezdancu, moći odahnuti malo i utešiti se; da će mu kućna noćna tišina i blagi sanak biti melem ovim novim ranama njegovim...

Bacio se onako obučen na dugi minderluk, što se pružao uz čitavu jednu stranu prostrane gostinske sobe. Bila je subota. Kandilo je gorelo pred ikonom Bogorodice, koju je Mane svu okitio i pokrio srebrom, i blaga polusvetlost padaše na izmučeno lice Manino. I godila mu ta svečana i pobožna noćna tišina subotske noći i polu-tama i svetlost od kandila, koje je na mahove čas tinjalo čas planulo, pa se svetlost i tama potiskivale svaki čas po šarenom ćilimu na podu... Mislio je o Zoni i o večerašnjem sastanku i razgovoru; o Manulaću, o proševini, o svadbi njihovoj i o životu njihovom posle svadbe, pa se trže uplašen i od same pomisli te. Vrati se opet mislima sinoćnjem događaju. Mislio je o glupom smehu Vaske izmećarke, a u ušima mu jednako zvoni ono strašno jasno smejanje ponosite čorbadžijske kćeri, koje se čulo iz avlije. I strašna mu beše i sama pomisao na to, kako je smešan, kako bedan morao izgledati, kad je ostao sam na sokaku onako gadno ismejan od jedne glupe izmećarke i od jedne hladne i bezdušne čorbadžijske kćeri!

Pa tek ona reč „kuče u čašire" kako mu se uvrtela! On bi da je zaboravi, a ona mu se jednako nameće; kao nasrtljiva dosadna muva, koju ne može čovek da otera, tako ga zaokupila ta reč!...

Dugo nije mogao sklopiti oka ni zaspati, i ako je to želeo i odagnavao misli. Neki polusan i polujava beše to, pa se jedno i drugo naizmence prelivalo.

Misli o večerašnjem. Huče i ljuti se. Pred očima mu živa slika zvezdanog neba, meseca, i Zone kako stoji umotana u bundicu svoju sa isturenom levom nogom i pogledom na stranu; seća se izmećarke kako podalje stoji; i čuje jednako reči njene i vidi Manulaća, kako sa spuštenim rukama stoji kao stupac nekakav i kako se smeši, i čuje kako se ovaj ceri... Hu, zar i on tu bio, a on ga zadugo nije opazio! Kakva bruka; bar da nije to pred njim bilo. Ljut pođe na njega, trže se i razabra se malo. Koješta! — pomisli Mane — pa Manulać nije ni bio tu. On je u to doba već obično u krevetu. A sreća što nije bio, jer i bez toga dosta je bruke i sramote. Da, misli Mane, sami su bili. Bio je samo noćni stražar, pa i on je daleko bio; šta je on mogao čuti? Ništa. A Zona i Vaska bile su tu, ali one neće smeti nikome kazati. A sačuvaj Bože, da je još ko tu bio. Pucala bi mu sutradan bruka po celom gradu. Ne ne — tešio se Mane — nije niko bio, samo one, samo ženske, a one ne smeju od muških ništa da kažu, a mogu se smejati do mile volje — to toliko... Gleda one ženske prilike u senci visokih zidova kako stoje podalje jedna od druge, ali Manulaća nema tu, on se ne smeje, nego one. Ah, taj smeh strašan je, i ako ga sutradan niko neće čuti. Pa i ona matora tetka Taska, i ona tu; smeje se i ona, a prihvatile i one druge dve tetke, Kaliopa i Uranija. Samo se tetka Doka ne smeje, nego se ljuti; planula, pa skida papuču i poletela na njih da se bije, a Mane skočio i zaustavlja je i proklinje, da se okane, da ne kupi komšiluk na tu bruku. A ona ga i ne sluša, nego se obrecuje na nj, veli mu: „Aj si, kelešu nijedan! Ovoj si je naše žensko znanje!" pa zaokupila papučom po onim ženama, pa uza svaki udar samo vikne: „Eve, toj ti je za kuče u čašire!" a on tada polete i viknu na nju iz svega glasa... Trže se i razabra. Šta je ovo? — pomisli Mane — kakva Doka, kakve druge žene! Niko više nije tu bio, samo njih dve. Prekrsti se i zahvali Bogu, što je sve to samo san bio. No, samo bi mu to još trebalo, da su one bile sinoć tu!... Pucala bi mu bruka sve do Kuršumlije, Ristovca i Sukova. Umirio se malo i stao opet razmišljati i već ga glava zabole, a željeni san nikako da naiđe. Izlaze preda nj i priviđaju mu se sve neke čudnovate slike kao čoveku u vrućici, i te su slike prelazile iz jave u san i obratno, i najzad nije više mogao razabrati i razlikovati: šta je njegova raspaljena budna mašta, šta bunilo, a šta varljivi sanak stvorio!... Sve je to čudnovato strašno i njemu nemilo bilo što je tada video u tim slikama... Svi veseli, samo on tužan; svi pusti i obesni, samo on bedan; svima do šale i smeha, samo on stoji i služi svima, pa i onim najgorima, za podsmeh. Oseća i vidi da je sve propalo za nj... Ne zna, ne seća se, kad je to mogla biti proševina i prsten, i kad brže je došao sam dan svadbe, samo čuje pesmu čuje strašne one reči:

Jesi l' čuo da sam isprošena?

i one još strašnije reči:

Je l' ti žao, što se rastajemo?
Rastajemo, a ne sastajemo!...

strahovito mu tutnje u ušima i razležu se po grudima njegovim, i on se sklanja i beži ispred podsmešljivih i pakosnih pogleda sveta. Već bilo venčanje, prošao ručak i sad posle podne grdno veselje u kući čorbadži-Zamfirovoj. Sve se sleglo tu. Silan svet se okupio pa prekrilio, sve odaje, doksate, avliju i sav sokak; na sve strane samo oro vidiš, jedno, drugo, treće oro, kako se talasa i šareni!... Sve veselo, pa igra, peva, pije, i grli se, samo on tužan povukao se neopaženo u jedan ćošak u avliji i odatle, skriven od očiju sviju, gleda sav taj šareni džumbus i veselje i traži očima nju... Malo posle eto i nje, Zone. Izlazi iz kuće, spušta se dostojanstveno kao golubica niz visoke kamene stepenice dole u avliju. Vodi je Sotirać, Manulaćev brat od tetke, koji je dever uz devojku, hramajući malo, jer ga ubijaju nove lagirane cipele, u koje jednako gleda. A Mane je gleda nedanimice i netremice. Pritisnuo rukom grudi, jer mu srce silno lupa, pa se povlači još dublje, jer se boji da ga srce ne izda; da svet ne čuje tu silnu lupu srca i da ga ne opazi... A Zona lepa, lepša no igda i bleđa no ikada. Usta skupila, kao da će da se zaplače i gleda sanjivo, umorno i tužno po drugaricama, koje se skupile oko nje. Pevaju drugarice:

Je li ti žao starih stazica.
Starih stazica i drugarica?

Zona se ljubi s njima, a one je gledaju, smeše se na nju očiju punih suza, a posle je zagledaju i razgledaju joj odelo. A ona u bogatom i šarenom venčanom odelu. Pustila dugu kosu niz pleća i preko grudi, a niz dugu kosu pušta se tel, blešti i treperi tel među crnom bujnom kosom, pa mu izgleda Zona sjajna i svečana kao zavetna ikona. Na plećima bundica od ružičastog atlasa, i ispod bunde libade; libade pokriva jelek, jelek košulju od žute burundžuk-svile, a košulja bele grudi. Dole svilena suknja i šalvare od juma-basme. Sve to razgledaju drugarice i pitaju je: je li joj žao kuće i majke, je li joj žao, što će da ide u tuđu kuću tuđoj majci, što neće više kod majke da noći? A njoj oči pune suza i gotova da zaplače. Kraj nje stoji mali sestrić njen, Kostadinkino Milanče; uhvatio se za tetkinu suknju a devojke i momci napali ga, pa ga rezile, vele mu: „Ih, kakav si pa i ti!... Tetu Zonu ti iskaju da gu ukradnu!... Nećeš više da spiješ kod tetu — će gu ukradnu. A ti si ćutiš tu — a imaš si takvo ubavo kraljsko ime!... Jazuk, Milanče!" A dete ih sluša, i gleda čas u njih čas u Zonu; pa se smeši usiljeno i viče „Jok!...", a posle postaje ozbiljniji, pa tek silno zatrepće očima, a suze mu silno grunuše. Silno se priljubilo Zoni, obgrlilo joj kolena, plače, bacaka se, grdi Manulaća, bije Sotiraća devera nogom i dere se, viče majku Kostadinku! „Nane, poskoro će da ni ukradnu teta Zonu!" A Zona silno briznula tada u plač. — „Svirite ništo, viče stari Zamfir, što zaćutaste! Što je ovoj sag?! Je li panaija, ta da smo žalni i da plačemo — eli svadba, ta da smo veseli i da trupamo?!..." Tada zasviraše Cigani i sve polete i poče se hvatati u kolo. Tu odnekud i ludi Gane Klinčar i njega privuklo ovo veselje. Svega dve stvari u svetu još voli: devojke i livene eksere; i uvek mu puna šaka eksera, a to dobija većinom prilikom silnih svojih proševina. Tek bane u kuću, pa prosi devojku. Oni ga odbiju, kažu mu da je isprošena već, ili da nemaju devojke na udaju i dadu mu šaku eksera, a on primi, kaže: hvala, i smeje se na ekser, a na devojku odmah i zaboravi... I on je sad tu, došao i on na ovaj džumbus. Svi ga diraju, a on opet nikom ne ostaje dužan. Devojke ga zovu i pitaju ga: hoće li da im bude časnik? Jedna ga zove za devera, druga za kuma, treća za starojka, a on im odgovara peltečeći: „Ne-ne-ne može! I-i-ič ne može! M-m-ladoženja 'oću sam a de-de-dever, ete-ete, i ku-ku-kum, — ete-te, neću sam!" A one ga pitaju: koju će da uzme, a on kaže: „Sve po avliju i po sokak". Svi se smeju, i vele: „Lelee! Ludo je, ama pa si znaje što si je poubavo!" pa mu daju livenih eksera punu šaku, a on odlazi zadovoljan i cereka se na nove eksere. Tada se i Zona nasmeja onako kroz suze. Gleda je Mane, pa mu se učini taj njen osmeh kroz suze kao zrake sunčane kad prodru kroz kišne oblake i sunce se osmehne na zemlju... I ona se uhvatila u kolo sa čitavim buljukom devojaka, drugarica svojih. Pohvatale se do nje sve njene vršnjakinje: Timka Kaltagdžiska i Dika Grnčarska, Lenče Kubedžijsko i Genče Krivokapsko, Zone Stavrino i Jone Mamino, pa igraju i pevaju onu omiljenu Zoninu igru „Jelku tamničarku"... Igraju i pevaju:

Nane, kaži tajku,
Da me mladu dava
Za naše komšijče,
Za mlado bankerče!

Malo posle eto ti i Manulaća; vodi ga majka i gura ga, da se i on uhvati i da igra. On se otima i neće, a ona ga miluje po obrazu, ljubi i moli ga i hrabri ga, da igra. I on se uhvatio, pa igra, sasvim po onom: „Kako igram da igram, samo da se naigram". Igraju svi; klikću i podvriskuju uz ona silna ćemaneta, zurle i dahireta. A Mane se sve više sklanja i povlači u kraj, i sve tužnije mu oko srca gledajući šta se sve događa. I gledajući neprestano igranje one suklate Manulaća, pade mu teško; steže mu se srce i pomisli u sebi: „I u čem nisam bolji od ovoga zevzeka Manulaća — i ona opet volije njemu nego meni?!..." I crne misli sve više, kao crna noć, sve više omotavahu i pritiskivahu bolnu dušu njegovu, dokle ga iz tih misli ne trže silan smeh, od kojega se tresla sva avlija i visoka trokatnica bogatoga hadži-Zamfira. Samo se čulo sa svih strana silno pljeskanje dlanovima, i uzvici „Leleee!..." i opet strašan smeh odasvud...

Trže se Mane i stade zverati na sve strane oko sebe, da vidi čemu se to smeju tako silno. Pogleda, a sve oči i ruke uprte na kolovođu; njemu se smeju. Pogleda i Mane na tu stranu. Pogleda bolje, kad al' kolovođa nije kao druge kolovođe, nego stari Žućko, stari pas

Zamfirov!... Šta je ovo, ako ko Boga zna! — pomisli Mane, pa se samo prekrsti od čuda i reče: „Gospodi Bože, i ovoj čudo u svet da vidim!" Pogleda opet bolje, da ga oči kakogod ne varaju?! Kako bi to bilo da pas vodi kolo!?... Priseća se da li je ikada video da pas vodi kolo. Ako iko, on se baš svoga veka dosta naigrao i bio kolovođa — ali da je *pas* kadgod vodio kolo, toga se ne seća! I posle otkud bi pas mogao dati bakšiš sviračima?... Onaj Manulać bi još i mogao povesti kolo — ali pas, baš nikako!... „Lele, pšeško igranje — ima li ga u svet?!..." reče Mane. Protrlja oči bojeći se, da ga one možda ne varaju. Ali ne, ne vara se! Baš glavom on, stari Žućko, čiji se noćni lavež iz mirne hadži-Zamfirove avlije bestraga daleko čuje i raspoznaje. Lepo se uhvatio i on u oro, i vodi oro. I začudo, pa nekako baš i izgleda na kolovođu! Ili se to možda samo oči navikle, pa izgleda tako!... Na desno rame pala mu duga tanka kićanka od nakrivljena fesa, a na levo rame isplazio jezik, pa mu landara; leva šapa mu na leđima a desnom nakrivio fesić; isprsio se, pa silno zapleće nogama, a na nogama mu praznične gajtanli-čakšire i oko pasa trabolos-pojas... „Ih, što je nes- rećnik!" vele jedni. „Lelee, *kuče u čašire!*" smeju se drugi, a on igra pa i njemu smešno, ali ništa ne govori. Smeje se i on, srećan što mu se dala prilika da zabavlja goste i što ga svi prijatno gledaju; jer sve je to pojurilo sa sokaka u avliju, a okolni komšijski zidovi puni načičkani radoznala sveta. I sve se to trese od silna smeha, a najviše se smeju baš sami mladenci, Zona i Manulać. Manulać se pustio iz kola, pa se samo lupa rukama po kolenu: previja se i zaboleše ga već slabine, a vilice mu ostaše razjapljene, pa ne može da ih sastavi od silna smeha koji je sve obuhvatio, i avliju, i komšiluk, i sokak. Svi se tresu od silnog smeha, jedni viču: „Lele, tugoo! Kuče u čašire — fatilo se u oro!" a drugi počeli da viču: „Ua, ua!" i siti gledanja i njegovog igranja pitaju: „Ako li, more, da mu prikačimo na rep tendžeru?!" a treći prihvataju radosno i predlažu još: „Pa da ga napudimo, da juri, ete, u čašire kroz sokaci i po druge ma'ale?!" I gotovi su već da potraže tendžeru, i izmećarka Vaska već pošla po nju, da mu je privežu na rep i viknu za njim jedno „Ua!" — Ali se tu sada Zona umešala, pa ne da. Smeje se, istina, ali ga ipak brani, zaustavlja ih i veli im: „Mori, ćoravi li ste, što li, ćorče nijedne! Mori, neje to Žućko!... To si je Mane, Mane kujundžija!... Ne davam vi ga!... Tugoo!" reče pa se zasmeja i jedva govori od smeha. „Malo li je zar muke i bruke njegove — ta sag da mu vrzujete ta i *tendžeru* jošte, da ponese!?..." A Manulać sve skače od radosti i smeha, držeći tendžeru koju mu je donela i predala Vaska... A od silna smeha razglavile mu se vilice i ostale tako razglavljene, pa ne može da ih sastavi, nego mu pritiče u pomoć majka, udari ga jednom pesnicom odozgo po glavi a drugom odozdo po donjoj vilici, dok mu jedva sastavi. A on se dere „Ua! Ua!"

A Mana oblio mrtvački znoj. Steglo ga nešto u grlu, davi ga, pritiskuje mu grudi... Oko njega se sve vrti, a zemlja čisto tone pod njim — i on jeknu silno: „L'že, kučka!... Neje ono Mane; ja sam Mane, a ono je kuče! Ovoj su mađije!... Kuče kude je vodilo oro?!" pa nabi fes na oči, i naže kroz svet da beži. Ali nekako ne može. Teško korača, smeta mu nešto; kao da gaca kroz duboku vodu i da hoće uz vodu, tako teško odmiče, a sve poletelo na njega, i viče „Ua!" a on svaki čas pada, pa se opet diže i opet beži. I brani se rukama a njih teško diže; malaksale mu, on pada i opet se diže i grabi napred, a za njim se jednako ori ono strahovito: „Lele, *kuče u čašire!*" I on se opet sapliće, pada, muči se da se digne, ali već ne mogaše — a utom se i probudi...

Beše gola voda... Sede na minderluk, uhvati se za čelo i teško dišući gledaše unezvereno oko sebe, i ne verovaše čisto onoj tišini i usamljenosti, u kojoj se sada nađe posle malopređašnje tišme i vreve! Dugo je tako ćutao pogružen i nesrećan, dok se jedva razabrao i uvideo da je to samo san, strašan i ružan san bio. I tek tada odahnu dušom, pribra se malo i razmišljavaše hladnije. Prekrsti se i zahvali

Bogu, što je to samo san bio, i što tako, hvala Bogu, nije još i tu sramotu doživeo, da mu se sav svet smeje!...

Zora je već zabelela, gugutke i golubovi gukali ispod strehe, kandilo dogorevalo, a on još sedi i razmišlja o strašnoj sinoćnoj javi i još strašnijem snu noćašnjem, i o Zoni koja sada mirno i bezbrižno spava, jer je legla mirne savesti, i ako ga je sinoć onako ljuto i nemilosrdno uvredila...

GLAVA DVANAESTA

U njoj je ispričano kako se vešto umeo osvetiti Mane Zoni, tako vešto, da je ispalo sasvim po onom narodnom „I kurjaci siti i ovce na broju", ili, još bolje, po onoj: „Ni luk jeo, ni na luk mirisao"; a to će poštovanim čitaocima jasnije biti tek u idućoj, trinaestoj Glavi.

Strašne one slike sna duboko su se utisnule u dušu Maninu. Dugo još vrzle mu se po pameti slike te, i nije mu nikako jasno bilo i dugo još lupao je glavu o tom: da li je on ono bio što je u snu vodio kolo, ili je to bio Zamfirov Žućko, tako i smeh onaj Zonin ne mogaše nikako da izbije iz glave. I ona mu dođe užasno nemilosrdna i gadna. I kad je ona takva u snu bila, razmišljaše Mane, bila bi ona takva, i još gora, i na javi. Zato je toga celoga dana u nedelju bio Mane vrlo sumoran, a zato, opet, i nije proveo nedelju kao do sada što je obično provodio.

Ali „Svako čudo za tri dana", veli narod. A Mane je bio sin toga naroda, u koga je postala za utehu ona reč: „Ko zna zašto je to dobro!" — i on se naskoro pribrao i ispravio. Nije padao u melanholiju i sentimentalnost, nego je odmahnuo rukom i rekao: „Usput diko, usput peruniko", i malo-pomalo, slike su sve bleđe i bleđe bivale dok nisu sasvim iščezle, a s njima i spomen na Zonu. I da nije bio on čapkun-Mane, o Zoni ne bi bilo ni reči u ovoj pripoveci i ako joj je ime u naslovu, jer Mane bi rekao: „Drugi sokak, druga i devojka", a što bi rekao, to bi i uradio, jer bi svud dočekan bio, i priča bi se, verovatno, nastavila sa drugom nekom junakinjom pripovetke. Ali se Mane nije tek onako zvao čapkun-Mane, nije zabadava bio sin čuvenoga Đorđija i bratanac još čuvenije Doke, bio krv njihova — pa se nije zadovoljio samo time, da joj okrene leđa i da na drugoj strani potraži utehe, nego je pre toga hteo da joj spremi nešto, da ga dobro zapamti — a za to je opet moralo doći ovo što je došlo, i pripovetka se morala svršiti samo ovako kako će se i svršiti.

Posle nekoliko dana Mane je išao opet ponosito i vedra čela. Vratila mu se stara bezbrižnost njegova i vesela ćud, i on se opet šalio i zadevao mlade lepuškaste mušterije, kad bi mu se svratile u dućan, i iskašljavao bi se po starom svom običaju za seljančicama, kad bi prošao kraj njih, a na Zonu nije više ni mislio, ili, bolje reći, mislio je na nju, ali samo još utoliko, ukoliko je želeo da joj se osveti. A na osvetu je jednako mislio od onoga večera od rastanka, kad joj je pripretio osvetom. Ali kako, na koji način će joj se osvetiti, to još nije znao, i zato je sad mislio samo o načinu osvete. I kako je bio dosetljiv, to mu nije trebalo dugo da lupa glavu. Posle tri dana on je već imao ideju o osveti i zadovoljno trljao ruke pri pomisli, da to neće biti san koji zorom bledi i nestaje ga kao magle sa Paša-čaira što se diže i nestaje je pod zracima sunčanim, nego će to biti java, sušta java; i bruka će pucati po kafanama, po čaršiji, po mahalama, pa čak, možda, i po novinama. „Ah", tresnu se u grudi Mane, „što će mi bidne ćef da gu, ete, ture i u novine!" Ostalo mu je još samo da smisli o pojedinostima, kako će da izvede svoje delo osvete.

Pa kako je cela ta stvar bila i drska i luda, to je Mane držao da je sasvim prirodno, da je sme slobodno poveriti tetka Doki, koja je, uostalom, i dužna da mu pomogne, jer ona mu je, mišljaše on, onom svojom proševinom svu tu bruku i nevolju i natovarila na vrat. Zato joj sve potanko ispriča i ono što je bilo, a tako i ono što treba da bude, i naravno, da je odmah pridobio za stvar, jer Doka je na takve stvari bila uvek gotova kao, što rekli, bos u baru. Doki se divno dopalo, tako joj se dopalo, da ga je u znak zadovoljstva tresnula rukom i u mal' mu rame nije odvalila. „Aškoljs'n, bre!" — podviknu ushićena Doka — „Kuče Đorđijino! Sag te priznavam dek si tetino tetinče! Takoj te iskam, ešeku nijedan!"

Za tu stvar trebala je Manu kao pomagač jedna ženska, vitka i poviša, i on zapita Doku, zna li ona koju takvu žensku? Tetka Doka se ponudi sama. Povisoka je, a kuražna je.

— Što da tražim po ma'ale, eve sam ti ja! — veli Doka.

— More, teto — brani se Mane od ove nove i neočekivane napasti — nesi ti veće za tej rabote. Iskam visoka i t'nka nika da je...

— Što, što bre! Pitaj, bre magare, tetina, on da ti kaže kakva sam bila t'nka i visoka, kad me uzede, ete, moj Sotirać...

— Ama, bila si de, ama sag, ete, nesi!

— More, uzni si ti sal mene, pa ič ne beri brigu! Ako treba da se tepamo s nekoga — pa će se i tepamo. Ako treba da se bijem s patrolu — lasno za toj! Će se bijem, a ti sal da seiriš.

Umiruje je Mane i veli da nikakva boja neće i ne sme biti, ali mu treba ženska vitkija i lakša. Tetka Doka se brani i veli da je ona laka i zove ga da se ogledaju: „Ajde da preripujemo, koj će pobolje da preripi kočije u avliju tam'!" Ali se nikako ne složiše. Mane ostade pri svom; njemu je potrebna bila tanka, visoka i mlada devojka i to samo za jedan sat. Razmišljali su, razgovarali ređali i prisećali se, koju bi to mogli zamoliti da im pomogne, pa nijedna nije podesna bila. Sve što je Doka spomenula, nisu bile zgodne za ovo čudno a pomalo i opasno preduzeće; jer ili je bila plašljiva, ili brbljiva, ili zaljubljena u Manu, pa će raditi za sebe i svoju korist; obesiće mu se o vrat i upotrebiti događaj u svoju korist, ili tako nešto učiniti, što bi upropastilo ovu ovako lepo zamišljenu stvar.

***

Mislio i mislio Mane, dok se naposletku ne seti Mitanča Petrakijevog, poznatog već čitaocima iz Glave pete. To mu je iz detinjstva dobar drug, i ako nešto mlađi od njega. Toliko su lepo živeli, da su čak i pobratimi. On će, mišljaše Mane, biti taman za taj posao. Kuražan je, drzak je, ima puno tih ludih avantura, a što je ovde najglavnije, ćosav je i ima nežne ženske crte lica; i kad se preruši u žensko odelo, izgledaće visok i vitak u tom odelu. I Doki se dopala ta misao, i ona ostade i nadalje u toj zaveri imajući u njoj i svoju određenu ulogu, kojom će pripomoći da stvar ispadne kao što treba i da osveta bude izvršena.

A Mitanče još jednako živi odvojen od roditeljske kuće. Majka mu krišom šalje i novaca i inače ga pomaže, ali otac, stari Petrakija, još nikako da se odljuti; nikako neće ni da čuje za njega, i ako je već nestalo uzroka svađi između oca i sina. Jer Mitanče je dobio pouzdane vesti, da mu je njegova fatalna supruga Hermina bila pomešana u neku poveću internacionalnu družinu za pravljenje i proturanje lažnih forinti, sa sedištem u Oršavi, gde su svi pohvatani i osuđeni na robiju, a među njima i ona, Hermina. Time je ta fatalna bračna veza bila raskinuta, i sad je Mitanče opet bio slobodan. Ali mu otac nikako ne prašta, jer mu ne veruje; boji se lakomislenosti njegove i još nikako neće da zna za njega, pa zato na sva navaljivanja majke njegove nije mu dopustio čak ni o slavi da mu dođe u kuću. Zato Mitanča još jednako nateže i tavori s onom malom platom i, da ga majka krišom ne potpomaže, bilo bi zlo i naopako. Ali i ovako, u ovim teškim prilikama, sačuvao je staru svoju veselu ćud i još je uvek gotov na svaku pa i najdrskiju ludoriju i budalaštinu.

Njega se dakle sada setio Mane, a setio se još i toga da Mitanča užasno mrzi čorbadži-Zamfira, jer je ovaj podstrekavao čorbadži-Petrakija, da onako uradi sa sinom, a i sad ga još jednako hrabri i savetuje, da što duže istraje u svojoj odluci. Kao krvni neprijatelj čorbadži-Zamfirov Mitanča je dobro došao sada Manu; da se slože i sloški da napadnu na zajedničkog im neprijatelja.

Uveče nađe Mane Mitanču u Trgovačkoj kasini. Uz čašicu mastike, mezetišući maslinke, razgovaraju se o tom. Kaže mu Mane u čemu je stvar i Mitanče, naravno, da odmah pristane. Dopao mu se taj način i ushićen je bio dosetljivošću pobratima Mane i trljao je ruke i smejao se zadovoljno, uveren već unapred, da će im sve lepo i lako ispasti za rukom.

— Pobratime! — uzviknu Mitanče — U vatru — u vatru, u vodu — u vodu! Sas teb' ću, pobratime!

— Znam te, de! — veli mu zadovoljno Mane.

— E, što će mi ćef bidne, pobratime, da ostanu rezil u čaršiju i u svet, ete, te jaguride čorbadžijske! — grdi Mitanče, koji je od isključenja iz nasledstva omrznuo na čorbadžijski stalež i sasvim postao plebejac i demokrata. — E mnogo mi ćef da ti pomognem. Ti si uživaj; nakrivi si kapče, a za onaj reč „kuče u čašire" ubavo će gi se osvetiš!... E, što da ti ne davaju devojče!? Koj su oni, što su pa oni pobolji od teb'?!... More, men' mi muka i žal mi za men', što si ja nemam niku sestru, ama sproti teb' priliku — pa ja da ti gu ukradnem i dadnem, em sas kakav alal!...

— Eh — gruva se u prsa Mane — sal toj da si dočekam, da gi pukne bruka i ode aber po ma'ale — pa posle sal tol'ko da poživejem kol'ko od zajca op'nci da pocepam! Tol'ko, pobratime, e što mi veće treba i svet i život!?... Ja iskašem moja da si bidne, a oni mi gu ne davaju, ta kad ne može toj da bidne, e nek' si ostane rezil... pa neka gu tag uzne koj oće i koj sme...

— Će da gu uzne — ama treba da si ima travu stiskavac...

— A sag jošte ima, pobratime, da nađemo jednoga kočijaša. Ama cvrst da je, bata da je...

— Ti ič brigu da si ne bereš za toj! Znam si jednoga, Stavre Jare se vika... Antika kočijaš!... U svašto se razbira. Taj što može da ti izraboti, ete, nikuj poslu, veće nikoj ti toj ne može!... Iz Turcko tri Risjanke iz arem ukrade si i preturi gi ovam' preko granicu... Poznava se sa sve me'andžike, amamdžike i stare bule, vikaju ga i ciganski konzul...

Odoše i nađoše Stavre Jare. Pristade i on odmah. Kad mu kazaše sve šta je i kako je, reče im Stavre Jare:

— More, ako iskate, može da ukradnemo sve tetke, strinke, kume i kumice. Ja mislešem nešto će bidne pocvrsta posla, a za ovaj što mi kazaste — kolaj rabota!...

Ugovoriše sve šta će i kako će, gde će ko nabaviti ono što treba i gde će se naći na urečeno vreme. Mane će čekati Stavru u Trgovačkoj kasini; kad Stavre spremi sve, neka dođe i neka mu javi. Tako ugovoriše, a zatim se raziđoše.

***

Već je veče. Na Šarenoj česmi, obrasloj drevnom mahovinom i okruženoj žalosnim vrbama, puno sveta. Vreva velika, smeh i kikot, guranje i psovke; pukne šamar ili prsne koja testija, zatim se čuje zveckanje tesaka, čuje se žandarevo: „Nazad!" opet nešto kao šamari, posle objašnjenje, čuju se reči: „Ja sam, bre, vojnik, poreska glava, plaćam, bre, porez!" A zatim opet: „Aj si, kelešu nijedan, teb' ću te gledam", ili „A i ti si pa neka devojka!" i tome podobni razgovori. Jedni odlaze, drugi dolaze i oko česme jednako puno. Polako se spušta mrak, noć septembarska. Svet iz čaršije prolazi i hita kućama po mahalama. Na istoku rezonuju: ko nije video fajde od očiju, neće ni od trepavica; ko nije pazario i ćario danju za vida, neće ni uveče spram sveće — i zato malo ranije zatvaraju dućane. I ako su malo gramzivi za parama, ali oni vole i rahatluk, i vreme im nije novac:

zato rano zatvaraju dućane i majstori i trgovci, i grabe kućama. Željni domaćeg kruga, one domaće i tišine i razgovora, oni neće što više vremena da provedu na poslu, nego otkidaju od toga vremena i hitaju kućama, da u prijatnom rahatluku provedu neko vreme; da narede, pregledaju, pokaraju i pomiluju ukućane pre sveće i večere. Jedni, a njih je većina, idu pravo kući, to su oni što svako veče sruče pazar u kesu i nose ga kući; pod jednim pazuhom nose kesu a pod drugim nešto kupljeno usput, čime će se uveličati kućevna večera. A drugi, koji takođe rano zatvaraju dućan, ali koji ne nose uveče pazar kući, oni ne idu pravo kući, nego svraćaju obično u kafanice. Od sviju kafanica i kafana najznatnija je i najinteresantnija i najposećenija Trgovačka kasina. Tu svraća najraznovrsniji svet, ali se ipak od starina naziva trgovačka, jer njih ima ipak najviše. Tu svraćaju i oni krupni trgovci što trguju s Bečom i Carigradom, i oni sitni što od tih krupnih pazare espap i sami ga u kolicima u prvi mrak doguraju u svoj dućan; tu svraćaju i tanki praktikanti i debeli liferanti, koji obično prate debelog kaznačeja, omiljenu ličnost u okrugu, s kojim su obično svi „per-tu" i zato mu nikad ne daju da on plati što je pio, već kad se kaznačej maši za džep i pita: „Šta imam da platim?" a kelner samo kaže: „Nemate ništa; plaćeno je" a kad ovaj začuđeno gleda po kafani i pogledom kao pita, vidi tek nekog gde odmahuje rukom, a to mu znači: „Ne pitaj! To mi je mana da sam druželjubiv!"

U kafani puno. Žagor i razgovor na sve strane. Dolazi i Mile s harmonikom i seda obično u jedan ćošak. On obično pre večere odsvira ovde a posle večere gde svira, ko bi to znao! Tako, naizmence, malo posvira, pa onda pije, mezetiše i puši, pa opet svira. Bakšiš retko kupi, jer on upravo i ne dolazi u Kasinu radi bakšiša (jer on bi po ovom bakšišu umro od gladi) nego dolazi radi tombula, koje svi rado i redovno ovde igraju, samo malo docnije, kad se svi igrači skupe. A dotle provode vreme kako ko zna. Neki igraju žandara, neki domina, neki „šeš-beš", ali svi čekaju, kad će se tombula otpočeti, a ona ne može, baš i kad se svi skupe, dok ne dođe neophodni i potrebni Nacko, jer on je, takoreći, diplomirani *vikač*. Njega dakle svi čekaju, samo ga ne čeka skoro premešteni iz Beograda praktikant Velibor, strastan šahista, koji ne igra tombole nego samo šaha i to s farmacajtskim pomoćnikom Pajicom. S njim igra. I ti se ljudi tako strasno zadube u taj prokleti šah, da se oko njih mogu svi isklati, a oni ne bi primetili! (Onomad su se čak i slikali tako sa šahom, kako zadubljeni u igru igraju njih dvojica šaha a treći, lepi Perica, on im pravi cigare i kibicuje, i ako se on i ne razume u šahu.)

Dolazi najzad i davno izgledani Nacko. On je stalan i vrlo vešt vikač od ovo dve godine, tako vešt, kao da mu je još ded bio vikač. Nacko je bio galanterist, još mu u šupi stoji firma „Galanteriska radnja kod Bez konkurencije", ali zbog njegove suvišne galanterije prema raznim „bubnjarima" u raznim ženskim orkestrima bankrotirao je i doterao do ovoga što je sad. Ali on se ne ljuti na sudbinu, snosi je mirno i nada se, da će opet biti što je bio, a zasad se teši time što je ispekao ovaj svoj sadašnji zanat. A šta mu i treba više! Mlad je, zdrav je, grlat je; ima jasan glas, dobro mućka numere u kesi, ima dobre oči, razgovetno čita brojeve i nikad se nije zabunio da kaže od 66 da su 99, ili obratno, kao što se to dešava onom drugom, nekom Micku, koji sem toga i šušljeta kad viče, pa zato ga i ne mare igrači tombula.

Zato nije čudo, što je cela kafana graknula, kad se pojavio na vratima. Svi oturuju od sebe, kao po nekoj komandi, domine, karte, table za šeš-beš i pitaju ga, gde se toliko zadržao. A on se izvinjava, kaže da se zadržao zbog pisanja neke žalbe i davanja advokatskog saveta.

Odmah nastade veća živost. Kelner raznosi tablice, uzimaju svi, ko jednu, ko dve, a neko i po četiri! Mane, i on tu, i on uzima dve tablice da igra.

Kelner meće pred svakoga šaku kukuruza. Nacko seda za jedan sto u sredini, mućnu kesom i viknu: „Počinje; molim za tišinu!" Mućnu opet kesom i stade izvlačiti brojeve i vikati ih; a cela kafana sluša i meće zrno na tablu. Tek malo posle neko se meškolji, zagleda u komšijsku tablicu, viče „Mućni!", Nacko odgovara „Mućkam". Jedni viču: „Mućni bolje!" drugi opet: „Dobro je, dobro!", poneki dodaje: „Dobro je! Što da si mućka; neje pljoska s rakiju, ta da mućka!" Tako se jedni smeju, a drugi ljute. Samo Mane niti se smeje niti se ljuti. Stoje table pred njim, a on čak i ne sluša niti ređa; misli njegove i nisu sada ovde u kafani, zato se ne osmehnu baš nijednom na Nackove šale. Jer Nacko je bio rado slušan, što je imao ionako kao nekog humora. Dugom praktikom na tombulama izvežbao se i znao je iz iskustva, da su cifre uvek nekako suvoparne, pa je umeo to vikanje cifara svojim humorom i začiniti. Oslanjajući se na familijarnost koja je vladala tu u društvu, on često pri vikanju nije ni vikao i izgovarao cifre, nego nešto drugo, ali svakidašnji i redovni posetioci i igrači znali su šta mu to znači, i svi su pogađali i metali na jednu istu cifru. Pa tako i sada, dok je vikao cifre, vikao, a sada poče onako.

Viknu Nacko:

— Madžarska buna...

A svi meću zrno kukuruza na broj 48.

— Fuzija...

Igrači meću na broj 87.

— Didić! — viče Nacko.

Oni meću na 83. broj.

— Svetoandrejska skupština...

Igrači meću na broj 58.

— Bontu bankrot... — razdera se Nacko.

Svi traže broj 82.

— Čifuti...

Oni meću na broj 77.

— Ženske noge...

Svi se smeju i meću ozbiljno na broj 11.

— Dosta! Stiga! — razdera se kao lud Vane Jagurida i sruči kukuruz s table na sto, pa polete s tablom ka kasiru tako silno, da je sa stolicom zajedno oborio sitnog Tasicu šnajdera. Predade tablu radi kontrole. I dok je on brisao čelo, primao čestitanja i očekivao pare, pojavi se na vratima kafanskim Stavre Jare.

— Ela! — reče samo toliko. Dade znak Manu, ovaj se diže i obojice nestade iz kafane...

* * *

Stavre i Mane uputiše se žurno kroz neke ulice, koje su sve praznije i mirnije bivale. Sedoše u jedna kola i udariše opet drugim sporednim ulicama i uputiše se u čorbadži-Zamfirovu ulicu, koja je nešto življa bila, jer je s druge strane, malo podalje, na uglu ulice, bila česma, nadaleko čuvena sa svoje dobre vode, zato je oko nje uvek više sveta bilo i malo dublje u noć nego oko drugih. Kola Stavre Jareta uđoše u hadži-Zamfirovu ulicu malo dublje, pa stadoše. Iz mraka priđoše kolima još dve prilike i razgovarahu nešto tiho s Manom, koji je sišao bio s kola.

Zatim priđoše kapiji. Ne prođe nekoliko trenutaka i ču se tresak kapije i zvek zvekira, a zatim svi skočiše u kola i poteraše... Oni što u taj par prođoše sa testijama vode tom ulicom, videše pri svetlosti opštinskog fenjera sve. Videše, kako Mane i ona dvojica pridržavaju u kolima devojku, kako je umiruju, kako je pokrivaju nekom maramom; neko muvanje u rebra videše, i čuše samo to, kako jedan reče: „Što se smeješ, budalo?" A zatim pojuriše kola kao holuj brzo kraj česme, pune sveta, vičući: „Varda!" svetu, koji prsnu na sve strane kao rasplašene kokoške.

— Breee!... Ukradoše Zamiforovo devojče! — viknuše iznenađeni muški oko česme, videći u kolima snažnom Maninom rukom oko pasa stegnutu žensku priliku u zelenoj bundici, sa jednim manjim zavežljajem u rukama i drugim većim na kolima (u kome behu dušek, jastuci, i jorgan) kraj nje. U kolima još kolevka, koritance i dubak...

— Leleee! Crna Tašano, u zem da propadneš! — viknuše ženske, gledajući za kolima, koja lete preko kaldrme i krešu varnice, i koja su već daleko izmakla i silno pojurila u Dokin sokak. — Ih, ih, ih. Lele! Kakva sramota!... Crna, crna Tašana, kako će u svet da iskoči — devojče gu stanula *pobegulja!...*

GLAVA TRINAESTA

U njoj je prva verzija o događaju, ispričanom u prošloj Glavi, verzija, koja je ponikla podalje od pozornice događaja i zato je, kao posve neverovatna, brzo i propala.

Osvanulo lepo jutro. Počinju oživljavati i čaršija i mahale. Kreće se svet na svoja opredeljenja polako i postepeno, onako, što rekli, po činu i gospodstvu. Najranije se krenuše na rad baštovandžije i dunđeri, za njima zanatlije i trgovci idu i otvaraju dućane i iznose mangale i meću ih na ivice trotoara, da se ćumur bolje razgori. Iza njih prolaze simidžije i pekari, sluge i sluškinje, i naposletku se kreće polako i dostojanstveno činovnički i gospodski svet.

Prolaze mamurni praktikanti i policijski pisari večno promukla glasa, možda od izdavanja usmenih naredaba a još više od silnih (kako se oni lepo izražavaju) „krkanluka"; prolaze učitelji, kisela lica i pognute glave, misleći jednako, danonoćno, o svom bednom učiteljskom stanju, kome valjda u svoj Evropi ravna nema; prolaze profesori sviju profesija i disciplina, istoričari i mikroskopičari, bi-olozi i abiolozi, filolozi i matematičari — ovi poslednji sa grdnim fasciklama popravljenih đačkih zadataka pod miškom, od kojeg popravljanja dobiše i sami neki umoran i skoro reći glup izraz na licu. Pojavljuju se i popovi, zastanu za časak na avlijskim vratima, vade grdne češljine i brzo češljajući u red doteruju bradu, a zatim se žurno kreću na svoj posao; žure se, da pre od sviju stignu na kasapnicu ili

"

riblju pijacu, da ugrabe bolji deo. Prolaze đaci i sitni i krupni, muški i ženski, osnovci i preparandisti. Osnovci idu sa knjigama i lepinjama pod miškom, i džaveljaju i galame; a preparandisti sa knjigom pod miškom, britvicom o kuku i brigom za vratom, idu u grupama, ali ne džaveljaju i ne galame, nego idu tiho i ćute i izgledaju zlovoljni i zabrinuti. Zlovoljni su, što nisu imali vremena da pročitaju lekcije, a nisu imali vremena zbog nekih neprijatnih vesti koje stigoše preko novina iz Engleske; jer tamo se pobunili fabrički radnici u Bradfordu protiv kapitalista. I pošto ne znaju, kakav će položaj prema svemu tome zauzeti engleska vlada i parlamenat *(donji* dom bar!) — moraju i biti zabrinuti...

Sve to prolazi i hita svak na svoj posao, ili sedi u otvorenom dućanu i čeka sefte i mušteriju, da pazari, i da prevuče paru preko brade i rekne: „Oho-ho! Od tebe sefte, a od Boga beriket!". Svi su dućani već davno otvoreni i pazare, samo Mana kujundžije dućan — preko običaja kao nikad do sad — stoji još jednako zatvoren, i ako je već malo podocne, jer je već davno prošla mnoga sila i gospodstvo; prošao i okružni načelnik i predsednik suda i direktor gimnazije i upravnik preparandije, a sva ta gospoda — kao što je svakome poznato — ne moraju, pa se i ne žure baš bogzna kako, da su prvi na poslu u kancelariji. To je odmah palo u oči prvim komšijama Maninim a posle i velikom delu čaršije. I kako je koji čas prolazio, sve im je čudnovatije izgledalo to, jer kao nikad, danas je za pakost pokuljala mušterija varoška, i ko god dođe do zatvorenih vrata samo začuđeno pita: „A... majstor Manča — nema li ga?" ili: „Manča, nema ga tuj?" ili drugi pitaju malo podsmešljivo: „A, jošte li ga nema?... Jošte si zar spiju?" vele ironično i odlaze, a to su bili većinom oni od Šarene česme, možda baš očevici sinoćneg prizora, koji sve znaju ali neće da kažu.

I to je dalo povoda svakojakim nagađanjima, tumačenjima i pričama najčudnijim i najneverovatnijim. Jedna takva strašna verzija bila je ta: da je policija uhvatila neke lažne dvodinarce i, prirodno, posumnjala odmah na Manču. Zato mu je noćas pretresla dućan i kuću i našla, vele, dva puna korita lažnih dvodinaraca pa čak i kalupe, sakrivene pod patosom, i uhapsila ih sve, i Manču i kalfe i šegrta Potu. Neki su ga čak čuli, kad su prolazili kraj načelstva, i poznali Potu po glasu (jer Pote se češće derao, kad ga tuku u dućanu, i otud mu poznaju glas) i vele da je žalost bila slušati tu dernjavu i kuknjavu Potinu. To prihvatiše i žene i stadoše kleti Manču (a zna se da je ženska kletva strašnija i brža i savršenija nego i sam Teslin telegraf bez žica — jer ide pravo čak u nebo). „Kad je već", govorahu one, „njega i kalfe navukao đavo na taj prljav posao, neka ga i nosi — ali što da u to umeša i nevinu decu!?" I jednako ponavljahu: „Crna majka — misleći na Potinu majku — šta je čula i doživela — i šta će još sve čuti i doživeti!"... Mnogi primetiše kako im je tek sada puklo pred očima, i sve im je sada, vele, jasno. Sad im je jasno: otkud Mani tolike ćilibarske muštikle i tolike lakovane plitke cipele, da ih i radnim danom, po kiši i blatu, nosi!...

No taj glas nije mogao dugo da kruži po varoši i da opstane, jer oko jedanaest časova došao je, na veliko čudo i zaprepašćenje sviju, sam glavom Manča sa Potom šegrtom i otvorio dućan. „Valjda su ga na jemstvo više viđenih građana pustili, da se iz slobode brani?" mislili su i razgovarali građani. Ali kad su ga malo bolje posmotrili — učinilo im se, da taj čovek baš ni najmanje ne izgleda kao čovek koji iz apse dolazi. Jer na veliko iznenađenje njihovo, Manča nije došao ni čupav, ni neumiven, ni neobučen, ukratko, nije bio bedna izgleda, kako obično izgleda čovek, kad ga kakav belaj snađe, pa prenoći u apsi, nego je, baš naprotiv, izgledao kao kita cveća. Na njemu sve svečano. Lepo obrijan i ošišan, veseo i raspoložen, samo izgleda malo neispavan. Za pasom mu revolver prikriven, a više njega svilen vezen jagluk prosipa prijatan miris nadaleko. Lepo se zdravi sa svima, ali je, izgleda, malo zamišljen, no ipak to nije od neke nevolje, jer se ponekad i osmehne i jednako suče svoje tanke crne brčiće. A još kad videše, da se Mane i ne osvrće čak ni na policijskog pisara a kamoli na žandara, i da ih čak i ne otpozdravlja — onda otpade svaka pa i najmanja sumnja i verovatnoća za taj glas. I onda nema više ni govora o kalupima i lažnim dvodinarcima, govorahu ljudi. „Koješta!" branjahu ga opet sad neki, „Mane je vredan i pošten mladić kao i otac mu; ima *zlatne* ruke, koje više vrede i od pravih *srebrnih* a kamoli od lažnih olovnih dvodinaraca! Džumbusio mladić noćas, uspavao se, odocneo — eto to je sve!" Ali kad ga videše, da se samo malo zadržao u dućanu, izdao naredbe, pa opet duhnuo kao vetar — zavrteše opet isti ti sumnjivo glavom i rekoše: „Ama — nije bez ništa! Ima nešto! Ima neku muku!" Ali šta je to nešto, i kakva je to muka — to niko u toj gomili ne znade da kaže...

GLAVA ČETRNAESTA

Tu je opisano: kako je tetka Taska donela u Zamfirovu kuću prvi glas i opširan izveštaj skoro o svemu onome što se u varoši govorilo, i kako je ta vest kao grom porazila domaćicu Tašanu.

Stari Zamfir nije tih dana bio doma. Po svom običaju otišao je na svoj čifluk, gde se često i rado bavio po nekoliko dana radi domazluka a možda još i — kako je besposlena čaršija govorila — i radi neke čivčijke svoje, neke „bele Vele", kako su je svi zvali, a koja je po onom „Da medved najbolju krušku ugrabi" imala cmolju muža. I ako su Zamfira varoške žene nemilosrdno kritikovale radi toga i govorile: „Toj li je za njegove godine! Deda se vika — a pogle šta praji! Bela glava, bre, brate!" ipak je on redovno i rado odlazio tamo. I nesreća je tako htela, da se ovih dana tamo nađe i da sevdališe i sluša, kako mu seljanke pevaju pesmu, koju je na čifluku rado slušao, pesmu:

Zapregni, Velo, zapregni,
Zapregni skuti, rukavi;
Izmesi, Velo, izmesi,
Izmesi čistu pogaču!
Će dojdu, Velo, će dojdu,
Će dojdu selski sejmeni!...

Ali dok je on slušao na čifluku omiljenu pesmu, desilo se ono oko njegove kuće — i kritici i grdnjama na njega nije bilo kraja. „Nesreća drta!" grdile su ga ma'alske žene, „što si dom ne sedi, veće se krši vrat po čiflaci, a po kuću, sokak i ma'alu mu se taraf-taraf čini!" Tako su govorile, jer su sve verovale, da se sinoćnji događaj mogao dogoditi samo zbog tog nemara i te izvesne lakomislenosti hadži-Zamfirove. I nisu mu oprostile, ni kad je, istoga dana posle podne, stigao sa čifluka, i videle ga kako je otišao gospodinu načelniku; „Docna si se setija, hadžijo! Beše mu rabota!" rekoše tvrdo uverene, da što su videle i čule, da je to viđeno i čuveno! Jer celo pre podne toga dana vrzmale su se ispred i oko kuće hadži-Zamfirove; privirivale i ulazile unutra pod raznim izgovorom; jedne tražile hadžiju, druge pozajmljivale čunke za razboje, jedne tražile na zajam malo soli, k'ne i tome podobne stvari. Ali Zone nigde ne beše, niko je nije video (a čudno bi im bilo da su je i videle!). Opazili su samo to, da su domaći svi nekako smeteni, rasejani i zabrinuti — i tada im je sve jasno, jasno kao dan, bilo...

A tako je nekako baš i bilo. U kući Zamfirovoj doista je bilo nešto tužno, nešto sve rasejano, neki umor i tišina celoga toga dana, sve dok nije u sami mrak banula u kuću tetka Taska i s vrata, pre „živo-zdravo", sva zaduvana i usplahirena, zapitala:

— Zone kude vi je? Sag si dođo' iz lojze, pusto ostalo! Filoksera ga poručala!... Zone *tuj* li je?

— Tuj, ta što? — odgovara joj začuđeno Tašana.

— Zdrava li je, živa li je? — pita tetka Taska, a ne može još nikako da se izduva.

— Etee — oteže Tašana — kako da ti reknem?...

— Ama *doma li je?* Neje iskačala nikud? — zapita tetka Taska, a uprla ispitivački pogled u Tašanu i donju usnu isturila kao ćepenak.

— Zašto me pa gledaš tol'ko? — pita je začuđeno Tašana.

— Što te gledam — toj si je *moje* znanje; a da beše ti žena od čorbadžijski red — trebaše *tvoje* znanje da je!... Pitujem te: kude ti je Zone?

— Ete, pa ovde si je!

— Vazdandan? — pita Taska.

— Vazdandan! — odgovara Tašana.

— I svu noć?

— Taske, mori! — viknu Tašana, poplašena od njena pogleda.

— Neje nikud iskačala?

— Neje... Neje iskačala ni u avliju! Treći dan veće... Mori, *zašto* me pituješ?

— Pa kude je? Vikni gu! Okni gu pri nas. — Zone, mori! Ela 'vam-ke, pri tetu ti! — razdera se tetka Taska.

Zona se odazva na poziv i izađe iz sobe. Umotana u bundicu, sa povezanim čelom i omotanim vratom, bleda i malaksala, izađe; osmehnu se bolno, pokloni i poljubi tetka Tasku u ruku, pa se spusti i sede na minderluk i gledaše umorno i tužno dole u stranu.

— Što ti je, mori?

— Bolna sam, teto — odgovara polako Zona.

— Bolna?

— Glava gu boli — veli Tašana. — Ima si zauške, ta nikakva se napraji; ništa ne valja, veće tri dni, ete.

— Pa mlogo li si bolna? U čaršiju i ma'alu nesi iskačala?

— Za kakvo iskačanje pa zboriš? — pita je tiho i bolno Zone.

— Pa, demek, za spaciruvanje, ete, nesi iskačala?

— Jok! — odgovara Zona umorno i uvi se još jače u svoju zelenu svilenu bundicu, sede i nasloni čelo na ruku, oduprtu u koleno.

— Da čuješ, demek, ništo... što se zbori. Što ima, što nema poma'ale, i po svet; *za toj* si mislim i zborim!... — veli Taska.

— Jok, teto — odgovara tiho Zona, pa zaroni još jače svoju lepu, bledu glavu u šake i zatrese je bolno. — Što će mi veće svet, i čaršija, i ma'ale?!...

— Pa, ete, dete si — veli joj tiho Taska — ako u tej godine nećeš, a ti kada ćeš?!

— *Bilo je!* — prošapta Zona, pa se zavali i pade licem na šiljte od minderluka.

— Pa ćorče i slepče nijedne — planu tetka Taska — skutaste se tuj kako brabinjci u zem, pa ni čujete ni vidite pa što se zbori i čini?! A po ma'ale puca bruka... iskočila reč, ide prikažnja, a ja u zem da propadnem odi tija reči!...

— Kakvija reči? — zapita je Tašana.

— Eh, pa zbore si... Zbore po čaršiju i po ma'ale.

— Tugo, a što si zbore?

— Lošo si zbore, Tašano.

— Leleee, a za kog si zbore?

— Za kog si zbore? Za hadži-Zamfirovi si zbore! — veli Taska i pogleda krišom na Zonu, koja je nepomično ležala na minderluku i kao da ništa nije ni slušala ni čula. — Idi si, dete, poskoči i rekni si po jedno kafence. Iska teta i majka ti da popiju po jedno kafe — veli Taska Zoni — pa gi prati, ete, po izmećarku.

Zona se diže i ode, a Taska skide šamiju i raskomoti se, pa sede, i tek sada, kad se udobno namesti, a ona zajauka, ama onako ženski, kao na groblju.

— Crna Tašanooo — zakuka Taska — crna i trikleta druškeee! Traži si krivo drvo sas dve krive grane, pa jednu za teb' a drugu za men', crnu tetku, da se besimo, zašto život veće nemamo!...

— Što mori?!...

— Ete, crna sam ti muštulugdžija, Tašano! Sas crn ti aber dođo'!...

— Ćuti si, ne zbori! — viknu Tašana. — Što je bilo, zbori!

— Mori, bruka po čaršiju i po ma'ale! — poče šapćući tetka Taska. — Ona luda Doka zar je puštila taj reč! Pipka gu izela, treska gu fatila, pa gu ne puštila odi Mitrov pa sve do Đurđov-dan, ete!... Po čaršiju se, ete, zbori, da je Zona stanula *pobegulja,* pobegulja za onoga, onoga kockarina...

— Koj, mori?

— Zone, mori... naše Zonče...

— Za *koga* reče?

— Za onoga džimpira i nesreću Manču...

— Tugooo, toj si zbore! — viknu Tašana, pa se uhvati za glavu, a posle se umiri malo, pa poče: — Ete, kako može da si stane „pobegulja", kad si je, ete, dom; doma si sedi dete; tri dni neje iskočilo iz kuću!... Kako može toj i da si pomisli?!

— E, idi si, pa gi pituj sama. Oni si takoj zbore. Dževap ne mogašem da si veće dajem — tol'ki me pituvaše! Koj me sretne na put, ne zbori mi: „Živo-zdravo", ni me pituje: „Kako si, Taske?" veće si zbori: „Lele! A što vi ocrni obraz Zonče vaše?!" — „Ćuti si kučko, zborim si ja, kako je ocrnela obraz? — Pa stanula, reče, pobegulja za Manču onoga... E što gu ne dadoste za njeg', kad je k'smet? Da gu dadoste *sas alal,* ne bi bilo sag, ete, *sas aram* i *sas bruku!...* " zbore si. — Ama koj vi reče za toj ? Vidoste li s oči, ta da takoj možete da zborite? pitujem gi pa ja. — „Ne vidosmo, zbore si, ama *druzi vidoše* i pričaše ni; ta sag po ma'ale za ništo drugo sal za toj se zbori". Pa kako gu je ugrabija? pitujem gi pa ja. — „Pa, zbore si, adžija ne beše ga tuj, a oni znali za toj, pa Mane si dođe lepo s kočije, i s kardaši, i ona gi, reče, pričekala u akšamsko vreme; oni čuknuše u portu a ona si iskoči, ta jala u kočije!... Pa em što ona iskoči — đene-đene, ama što si ponese, zbore si, jošte i jorgan i jast'ci, i kolevku, reče, i sve što treba ete-te... ete, za spijenje; kako da će, reče, *pod čadar* za askera da se udadne..."

— Tugooo!— uzviknu Tašana, pa se zaplaka i sede sva malaksala na minderluk.

— A ja dor ču' to — nastavi plačući Taska — a mene-mi se noge odsekoše; pa kako da nesu moje noge!... Ća da sednem tam, nasred čaršiju — tol'ko si be' oslabela odi zort i rezilak golem...

— Pa *koja* si zbori toj?...

— Mori, *jedna* li zbori! Sve si zbore, sve me pituju. Pa si ne znam veće ni što je pološe: eli kad me pituje, eli kad si ćuti i promine, te sal gleda na men' a duša gu se smeje, što gu je, ete, kef zaradi naš rezilak i sramotu!...

— Gospod gi sudija — kune Tašana. — E što gi je milo da l'žu i zbore, kad ništo neje bilo! Devojačku sreću da batisuju... Pa kako se naprajilo toj čudo, reci mi, Taske, ako znaš?

— E, ne znam ni sama si, Tašano, veće se i sama krstim s obe ruke, i pitujem: što je ovoj?! I kazuju jošte i to: kako gu na kočije odvezoše u Dokine; tam je, zbore si, noćila; svu noć goreše sveće u kuću — toj kazuju...

— Za Doku zboreše?! Mori, odi tuj nesreću može da je iskočila reč i sokak-lafovi tija, ubija gu Gospod!

— Sreto' se ja i s njuma — veli Taska — ama ne smešem da gu pitujem ništo, zašto je luda... Ama ona si *mene* pituje: „Živo-zdravo, Taske!" viče preko sokak. „Što se, mori", reče, „naprajilo toj pri vas; koj se to udava, koj se pa ženi? 'Oće li", vika, „skoro da potrupamo malko u svatove? Puštija li je", reče, „Manulać mustaći, ta da prilega", reče, „na mladoženju?" — A što je pa teb'-ti krivo za Manulaća i za mustaći, zborim gu pa ja; ako je k'smet, pa pobolje za Manulaća nego za Manu; para paru vukuje, a čorbadžijski sin čorbadžijsku kerku — toj si je, vikam, red u ovaj svet. — „Čorbadžija dušu dava i gubi, a pare ne dava", reče pa ona. „Za toj pa da ni je!! Nekoj si je", reče, „bogat sas pare i bruku, a nekoj sas zdravje", reče, „i sas sevdah; pa takoj je", reče, „i sas Zonu i Manu":

Ako pare, reče, *nemame,*
Oka i pol sevdah imame.

Sas stihovi zbori!!... Ludo, što da gu prajiš!... A ja što da zborim i da se karam s budalu! Pokupi si skuti, pa brgo kroz čaršiju kako kučka, kad gu poliju s vodu... Ama *ona* si neće da ćuti, veće ide poza mene i zbori sal, da čuje čaršija. „Ako neje istina za današnji sokaklaf, pa će bidne!" reče Doka. „Ako danas neje, će bidne jutre. I jošte gori rezilak će dočekate! Sag se berem zbori, da je *Mane* došeja pri njuma, pa je đene-đene; ama skore će čujete i će se zbori i jošte pološe! Će da da Gospod", reče, „pa će si *ona sama* da dođe i čuka na *Mančinu portu!* Mori, vaša bruka i rezilak će se u *novine* i u *knjige"*, reče, „turi! Da zapantiš", reče, „ovaj moj reč, i takoj da se", reče, „pozdraviš od men' do onu", reče, „brljivu čorbadžiku Tašanu!" — završi Taska dižući se da ide i obećavajući, da će ona da prokljuvi već: ko je proturao taj glas. A zatim zovnu još Zonu, da se oprosti i s njom.

— Pa idi si u krevet — savetuje je tetka Taska, koja je važila u toj kući kao lekar, ili još bolje, kao neka „Zlatna domaća knjiga", jer kad ona nekoga oceni da je bolestan, i propiše mu neki lek, taj mora leći u krevet i uzeti lekove, pa ma se osećao zdrav kao bik. — Legni si i pospij malko; a ja će ti veće pratim jutre „zapisi" odi derviši iz Lesko-vačku tekiju; oni pomagaju. Prilepi gi i obloži gi na šiju, pa će te mine i će ti prođe boles'... — veli joj ljubeći je u čelo i ispraćajući je.

— E — zavrte tužno glavom Zona — *Moje* si je *bilo,* teto! — reče bolno i ode spuštene glave polako, i kao senka tiho, u svoju sobu...

GLAVA PETNAESTA

Ona je nastavak Glave trinaeste. U njoj se pripoveda, kako se za taj čudan i mnogima neobjašnjiv i zagonetan događaj zainteresovala i zauzela i sama mesna štampa, i kako je htela i pokušala da stvar na čisto izvede. Drugim rečima, tu je izneta jedna jalova misija g. Ratomira, direktora novina.

Celoga toga dana — dok se još kod hadži-Zamfirovih nije ni slutilo šta se sve tamo po gradu priča — kružile su po čaršiji i po mnogim mahalama silne priče, najčudnovatije, i jedna se na drugu gomilala, jedna drugu potiskivala. A pričati sve to, bilo bi i dugo i dosadno, a i izlišno. Dosta je samo spomenuti, da ih je bilo svakojakih. Pričalo se kako je Zona oteta na česmi, kako je u kola bačena i u toj gužvi kako je troje kolima pregaženo. Drugi su, opet, tvrdili da je svojevoljno pobegla, a to su potkrepili time: što se nije otimala, i što su svojim rođenim očima videli na kolima ne samo nju nego i ponete stvari, kao: krevetske haljine, kolevku, koritance — i dubak!... Zatim kako je odmah odvedena i ispitana u nekom selu kod popa Zipe (koji je već poznat kao čovek koji lako sudeluje u takvim avanturama, pa zato je jednako na epitimiji po manastirima, gde lepi balegom košnice ili trebi pasulj od mehuna). I što je dalje bilo od čaršije, tamo po mahalama i vinogradima, sve se čudnovatije i neverovatnije i opširnije sama stvar pripovedala. U Banji i na Mramoru pričalo se toga dana uveče, da je bilo ne samo otmice nego

"

čak i puškaranja; bilo i mrtvih i ranjenih, a među poslednjima i sam stari nesrećni otac lepe i nevaljale „pobegulje" Zone, za kojega su opet postojale dve verzije: jedna, da je poginuo, a druga, da je samo ranjen; po jednima lako ranjen, a po drugima teško, tek što je živ; bori se s dušom i prokleo je, vele, ćerku, koja mu je tako zagorčala njegove stare, poslednje dane...

U samoj čaršiji i po glavnijim centralnim ulicama glasovi o tom događaju nisu, naravno, bili tako preterani, ali se ipak dosta štošta pričalo, tumačilo, i kitilo i dometalo, tako da se čovek, slušajući sve to, nije mogao naći i razabrati. A sve je to bilo i došlo otuda, što se htelo suditi i zaključci izvoditi iz Maninog ponašanja. — Manu toga dana nije držalo mesto. Nekoliko puta je posle podne dolazio u dućan, sedao i počeo da radi; nekoliko puta uzimao preko krila neku pušku (a svi su verovali da njome očekuje nekoga i pitali ga: je li puška puna?) i šarao joj srmom kundak, i nekoliko puta opet bataljivao rad, ustajao i odlazio. A čulo se i da je prošle večeri, po starom običaju, bio u amamu, održao, po običaju, poslednje „momačko ili bećarsko veče". Pa sve to, a i što je danas celoga dana u svečanom ruhu — sve je to davalo povoda najčudnijim i najraznovrsnijim nagađanjima.

Interesovanje građanstva bilo je toliko jako, događaj sam po sebi tako interesantan i tajanstven, verzije tako mnoge, kontroverzije tako velike — da nije nikakvo čudo, što se i sam gospodin Ratomir, direktor i glavni urednik lista „Slobodna reč", najpre zainteresovao i pribeležavao sve što je čuo, a posle — ne mogući se ni sam naći u tom haosu i lavirintu od najraznovrsnijih protivrečnosti — što se, velim, rešio, da se sam, gde treba, izvesti; a posle da po svetoj novinarskoj dužnosti — kao pravi služilac istine, pravde i poštenja — obavesti i svoju čitalačku publiku. Imao je već i gotov *naslov* koji je glasio: *Roditelji, pazite na svoju decu!* a i *moto* koje je glasilo: *Ćud je ženska smiješna rabota!* Znao je mnogo i nije znao ništa — zato se krenuo Mani u dućan. Krenuo se k samom izvoru, takoreći, pozornici događaja, da svojim očima vidi, svojim ušima da čuje i svojim perom da opiše. Bio je radostan unapred, što će na licu mesta prvi on naići na obilan materijal, i pre od svoga protivnika, direktora lista „Vinik", doneti tu senzacionalnu vest. Tako će se restaurirati u očima publike i javnog mnjenja, koje ga je držalo za lenštinu od onog fatalnog slučaja, kad mu je jednoga dana list zadocnio, izašao na pola tabaka, i u njegovom rođenom i vlastitom listu stajalo od reči do reči: „Umoljavaju se poštovani čitaoci za izvinjenje što je list zadocnio i što je izišao samo na pola tabaka. Krivica nije ni do redakcije i ekspedicije, ni do ajnlegerke, nego do urednika, jer je — pisalo je u listu — direktor i glavni naš urednik svu noć lumpovao, i sad, pijan kao zemlja, spava, i ne zna ništa ni za sebe a kamoli za list".

Zato je pohitao radi materijala, a da će ga umeti obraditi, to je već njegova briga, upravo, nije ga ni briga bilo za to, jer njegovo je pero i u Beogradu cenjeno bilo. Što on napiše, to je bilo napisano. A i to mu je ne jedan rekao, da je njegovo pero, kojim on piše, prosto jedna žaoka umočena u žuč; a i on sam se često s uzdahom izražavao da „piše krvlju srca svojega i sokom živaca svojih". I to nije da kažete odskora; odvajkada je to. Još njegovi đački školski zadaci silno su se odvajali od ostalih zadataka drugova njegovih; bili su i duži i jedriji, puni smelih, originalnih i slobodoumnih misli, tako da je već i zbog toga nemoguć bio u školi. Doterao je do šestog razreda i tu je zapeo, jer je izgubio pravo na dalje školovanje. To ga je dovelo u sukob i u zavadu s državom i društvom. I on se, napojen tako iz pehara žuči (iz kojega svaki u životu mora makar malo da gucne), posveti teškom ali svetom žurnalističkom pozivu; postade borac za istinu, pravdu i slobodu. I tako se ipak u nekom vidu obistiniše slutnje i želje kapetan-Mikajla, kuma, koji mu na krštenju dade ime *Ratomir*, da bude, to jest, junak i borac, kako mu samo ime kazuje. Nije mu se dalo da svrši akademiju, da mu mač bude oružje, ali, kao što vidite, postade borac ipak; mesto mača izabra *pero*, da ga ono hrani i brani — pero, koje ni za koje novce ne prodaje!

I sad se, kao što već rekosmo, krenuo, u nadi da će možda biti štofa čak i za jedan pikantan i senzacionalni podlistak. Rešio se da pohodi tri mesta: da intervjuiše Zamfirove, Manulaćeve i Manu. Samo na ta tri mesta. Naravno da i to nije bilo lako. Nije bilo bez nekih teškoća, naročito kod našega sveta, koji je, nažalost, izostao iza Švajcaraca i Amerikanaca (severnih, naravno), pa još nikako neće da uvidi i da prizna, da je ipak javnost i žurnalistička i javna kritika jedini najbolji i najradikalniji lek svakom uopšte društvenom zlu i mani. I on je bio spreman na svaku eventualnost i neprijatnost; jer nije mu to prvina bila, da tako negde pođe za podatke i fakta, a vrati se sa čvorugama po glavi i masnicama po leđima; ali se tešio, da je takav žurnalistički hlebac i da služioci istine u svetu redovno najgore prolaze.

Otišao je najpre Zamfirovima. Kad skočiše na nj sve tetke, ujne i strine, sve Uranije i Kaliope, Taske i Tašane, sva ta ženskadija, pa zadžakaše na nj na sva tri jezika, srpskom, grčkom i ciganskom, g. Ratomir je, takoreći, pre izleteo odatle, nego što je ušao... Ali ga to nije mnogo zaplašilo; tešio se, što se samo na rečima svršilo a nije dobio, kao što je mogao, nijednu stolicu u glavu ili saksiju u leđa.

Odatle je g. Ratomir krenuo Manulaćevoj kući, jer je bilo jedno, dosta jako i prilično rasprostrto i podržavano mišljenje, da je Manulać, i niko drugi, odveo devojku. Pričalo se da ga je u tom, sem njegove, čak i devojačka majka, Tašana, pomagala, pošto Zamfir nije hteo ni da čuje za Manulaća, nazivajući ga s bagatelisanjem „Zevzek-Ibraimom”. Kad je došao, kazao je „Pomozi, Bože!”, jer je bio lepo dočekan, slatkim poslužen i kafa poručena, ali kad je otpočeo jednim podužim uvodom — koji ukućani ništa nisu razumeli — i prešao na stvar i razgovetnije rekao zašto je došao, tražeći čak i Zonu, da s njom progovori — ukućani se prosto zgranuše, pokazaše mu vrata, i tako ode i bez kafe, zadovoljan što nisu, kako su mu pripretili, pustili s lanca čuvenog njihovog Zeljova.

Izlazeći, mislio je u sebi: Bože moj, mnogo li smo još iza srećnih, civilizovanih naroda! Mnogo li će još vode Nišavom proteći, dokle naš svet ne oseti blagotvornu moć štampe, te osme svetske sile!... Ostade mu još Mane. On je čovek mlađi, svetski, suvremen i ako nosi fes i trabolos pas — pa valjda će od njega što saznati moći. Njega će bar moći onako lepo intervjuisati, mišljaše g. Ratomir. Srećom, zatekne u dućanu Manu. Odmah pređe na stvar. Postavljao mu je pitanja, ali se, na veliko iznenađenje svoje, ni ovde nije koristio. Mane nešto nije bio najbolje raspoložen, pa nije hteo ništa da odgovara ni odmah, a kad je još razabrao, da g. Ratomir hoće da ga metne u novine, onda mu je i suviše razgovetno kazao šta ga čeka, ako to učini, jer ga je samo zapitao kratko i hladno: zadržava li se on poduže uveče, zna li šta su to ćuteci, i nosi li fenjer, kad se vraća, kroz sokake i budžake, kući? A kad ga je ovaj začuđeno zapitao: našto sve to, i otkud sad taj razgovor, otkud fenjeri i sokaci, ćuteci i budžaci, Mane mu je odgovorio hladno i mračna lica:

— Za pisuvanje da batališ ti toj, tol'ko ti zborim! Zašto ja sam si esnaf čovek, pros', i nesam pismen; nesam činovnik ni učovnjak, ni prisednik ni pa poslanik, ta da si ćutim kako porena riba mrena, kad me ture u novine, ta kako kučku rezile!... A za ono pa što te pitujem, demek, za docna kući idenje... znaješ, ima tesni sokaci, budžaci, *ćuteci* — a t'mnina je — pa može lasno bez fenjer da se sopleteš priko niki direci što su prokaj zid, ta da se strošiš!...

GLAVA ŠESNAESTA

U njoj je izneto šta je u hadži-Zamfirovoj kući porodični savet ili kamarila, sastavljena iz tetaka, strini i ujni, rešila odnosno pronesenih glasova; kako, to jest, da se najzgodnije demantuju svi ti lažni glasovi, koji su se pojavili ili će se pojaviti, i oni po čaršiji i oni po štampi, ako ih bude bilo.

Naravno da hadži-Zamfir nije smeo ništa čuti od svega toga i stoga ga je sa zebnjom očekivala Tašana, kad se vratio od gospodina načelnika, i krišom ga posmatrala, neće li pročitati što na licu njegovom: zna li ili ne zna za sve te glasove, od kojih je njoj bučila glava ne samo od tetka Taskinih referata, nego i od sviju drugih strini, ujni i tetaka, koje se posle Taskine pohode izređaše i napuniše joj glavu, da već više nijedna jota valjda ne bi mogla stati. Posmatrala ga je i dahnula je dušom, jer joj se učinilo da joj domaćin još ništa ne zna. Bio je, istina, ljut, ali on je obično uvek ljut i kad ide na čifluk i kad se s čifluka vraća. (Za ovo drugo su mu komšijske žene verovale, ali za ono prvo nisu, nego su tvrdile da se stari lisac samo pretvara, samo da bi se pokazao pred Tašanom kako nerado ostavlja kuću. A tako isto mu nisu verovale ni za ono, da će prodati čifluk.) Ta noć je dakle mirno prošla, ali je Tašanina radost ipak kratkoga veka bila. Jer sutra na podne, kad je stari Zamfir došao iz čaršije, bio je ljut kao ris. Čuo je sve. Kako je grmio po kući, kako se sve razbeglo od praske i gneva njegova! Svi su povukli, a Tašana i Zona najviše. Da je to samo pust glas i lažna kleveta bila, nije Zamfir ni sumnjao; ali zašto i toliko da se pojavi — to ga je besomučnim pravilo!... I Zamfir pokaza Zoni onu lipu pred kapijom u avliji. Samo dotle, reče joj, sme ići; ni na avlijska vrata ne sme više sama, bez nekog od starijih, izaći! Svima je preseo ručak; Zamfir nije ni seo, a drugi niko nije onda ni smeo. Sve je vraćeno natrag u kujnu, nedirnuto, onako kao što je i doneseno. I pokućar Koce šta će, nego zadrži na ručak i pudara Provira, da bude toga dana njegov gost. Priseli su za bogatu sofru, za one mnoge gospodske đakonije na onoj velikoj siniji, i kao davno što nisu, jeli su i slagali u se polako i natenane čitav podrug sahata. Nukali jedan drugog, prestajali, pa se opet naklapali, otirali svoje debele seljačke brke, pili i nazdravljali jedan drugom, baš kao da se ništa u toj kući nije ni desilo...

***

Tako se nije smelo više trpeti, niti je moglo ostati, mišljaše Tašana. Glasovi su se bestraga raširili; zahvatali sve veće razmere i postajali sve verovatniji — tako su je izveštavale silne rođake, koje su joj neprestano dolazile i referisale, i odlazile, da se opet skorim, s novim glasovima vrate. Toga drugoga dana uveče skupio se čitaocima poznati porodični savet, da pretrese sve, da se posavetuje i da reši šta da se radi? Prestale su da istražuju, ko je proturio taj glas, a više ih je zanimalo otkuda da toliki tako uporno tvrde, da su sve to videli što se sad priča. Otkud gotove pripovetke, kad ni trunke istine nema!? To im nikako nije išlo u glavu i bilo im je zagonetno. Eto i sam Manča se odriče toga: kaže da je u to vreme igrao tombula u Trgovačkoj kasini, i poziva se na svedoke koji su ga videli. I on sam kaže da je to laž i kleveta; ako je ko kriv — kriv će biti Manulać: ako je gde odvedena, to je, veli, odvedena Manulaćevoj kući, pa i ako je laž, ali bar izgleda, veli, verovatnija, jer je i prilika, da čorbadžijska ćerka beži u čorbadžijsku kuću. I tako se ponegde i tumačilo. Ali time je samo još veća zabuna načinjena i uneta u javno mnjenje, koje se time podelilo, pa jedni tvrdili da je Mane, a drugi da je Manulać odveo Zonu, a to nijedno ne valja! Stoga je porodični savet rešio, na predlog tetka Taske: da će najbolje biti, i najlakše će se zapušiti usta laži i kleveti, ako se devojka provede, i svet je tako vidi u krugu njenih tolikih anđela hranitelja, među kojima, doista, ne može pokliznuti i vrdnuti sa staze vrline ni sam crni đavo, a kamoli jedna čedna i bezazlena devojčica u pupoljku svoga mlađana žića!...

Ugovoriše da sutra pre podne cela rodbina ide u amam, gde i tako nisu odavno bili. I Zona će moći, jer joj je danas već mnogo lakše. Tu utvrdiše tačno i poimence, kojim će je sve ulicama odvesti u amam, a kojim će je, drugim ulicama, vratiti iz amama. Tako će se, govorahu, jedared za svagda zapušiti usta svakoj laži i kleveti...

Tada se sve raziđoše zadovoljne, samo Zona ostade tužna i ne mogaše zadugo oka sklopiti. Oplakala je dan, lila suze, klela svet ali i sebe, jer je u duši osećala da je sama dala povoda onim svojim držanjem i uvredljivim rečima, kojima je uvredila jednu iskrenu i njoj tako predanu dušu čoveka, koji joj sada opet u mašti izađe pred njene umne oči, divan i mio, divniji i miliji nego ikada dotle...

***

Što su rešile, to su učinile. Sutradan se iskupila sva mnogobrojna rodbina i krenula se, sa Zonom u sredini, u amam. Jednim su je ulicama odveli, a drugim su se ulicama posle svi vratili. Tako je svetu javljeno bilo: da Zona nije nikud bila odvedena, nego da je kod roditelja, i tako da ništa od svega onoga, što se kojegde priča, nije bilo. Svet se okretao i blenuo za njima; izvirivao kroz prozore, istrčavao na avlijska vrata i radoznalo ih gledao, i kada su išli tamo i kad su se vraćali amo; kad su išli u amam, on se čudio, a kad su se vraćali iz amama, on se smešio.

Sa ćepenaka i levo i desno čaršijom ispružili majstori i trgovci šije, pa gledaju za njima.

— Mičo, mori — zapišta svojim tankim glasom, udevajući konac u iglu, terzijica Vače Šatorče, i zapita svoga prvog komšiju, Miče Šebinče, kubedžiju — ću te, ete, pitujem za ništo! — pa podiže glas, da bi ga čula tetka Taska, koja je baš u taj par sa Zonom i ostalima prolazila tuda. — Ću te pitujem, ako, demek, znaš da mi kažeš ništo!... Eli se, Mičo, devojke vode *predi svadbu* u amam — eli *posle svadbu?...*

— *Pre svadbu!* — odgovara Miče Šebinče — ja si tol'ko znam i pantim... U naš varoš — taj si je adet...

— Pitujem — veli Vače Šatorče — zašto, znaš... Ete, zab'ravija sam zar onaj stari adet, pa iskam da znam. Zašto sag iskočija niki *nov adet,* pa niki sag vode i *posle...*

GLAVA SEDAMNAESTA

Mišljenje nekog Milisava Jekonomije o toj, tako da kažem, „krađi i prekrađi" Zone, koje je, upravo, bilo mišljenje inteligentnijeg i slobodoumnijeg dela publike; ili kraće: kako je tetka Taskin plan i račun sa onom korporativnom šetnjom totalno propao.

Sutradan je tetka Taska htela da vidi efekat, koji je proizvela ona jučerašnja šetnja kroz onoliki svet i ulice, i zato je i sama zaredila po mnogim poznatim kućama, navijala razgovor na onu stvar, ali se pokajala i ratosiljala, jer je uvidela da je propala kao nikad dotle. Nije ništa pomoglo; glas, koji je jedared pukao, nije se mogao zadržati, i stvoren jedared sud i mišljenje, nije se moglo potrti. Ostao je glas i nadalje i mišljenje ono staro, samo obogaćeno i nakićeno novim dosetkama i zajedanjima. Jer sa sviju strana je obasuše pitanjima, kojima se — posle onako eklatantnog dokaza, da je sve laž i kleveta — ni najmanje nije nadala. Jedna je zapitala: „Kod koga gu nađoste; kod Manulaća, eli kod Manču?"; druga: „Kad gu vrnuste dom?"; treća: „U lojze li gu ufatiste?" a četvrta baš zagrde pitanjem: „Eli gu *sas džandari* vrnuste? Što reče gospodin načelnik?" i sve takva neka, luđe od luđega, pitanja, tako, da je tetka Taska savila šipke i pobegla čak u lojze. Tamo je pripalila kandilo, tamjanom okadila odaju, i klekla pred ikonu i na grčkom jeziku bacila anatemu na sve a najviše na Mana, koji je, kako je ona uverena bila, sve to ujdurisao!

Glas, jedared raširen, ostao je, i niko ga više nije mogao demantovati i povratiti natrag u usta klevetnicima. Zoni ostade ime „pobegulja", i ako je vraćena; jer to što je vraćena, nije još značilo da joj je povraćen i stari dobar glas njen. — Svi su tumačili da je to lako bilo; ništa lakše od toga. Upravo, drukčije nije moglo ni biti, kad stari bogati Zamfir i gospodin načelnik žive lepo.

A to je najlepše objasnio neki gospodin Milisav Jekonomija, koji se potpisivao „ovdešnji" a nazivali ga Jekonomijom, jer to mu je bila nekako struka, najmilija tema za razgovor, o kojoj je najradije u kafani, za stolom, s razumevanjem razgovarao. Učio je nešto zemljodelsko-šumarske škole, ali kako sam nije imao zemlje, da je racionalno obrađuje, nije je hteo obrađivati ni kod velikih gazda, da ne bi pripomogao još većem propadanju malih gazda i postajanju latifundija ili velikih gazdinstava ili veleposeda, koja će tada neminovno gutati one male posede. Zato, a i stoga, što je mislio da narodu treba prvo izvojevati političke slobode — bacio se na pravnu struku. Advocirao je, slao dopise, postavljao po novinama pitanja ovome ili onome ministru pod potpisom „Nebojša"; išao u deputacije, bivao predstavnik liste, primao pred sudom na sebe da je on pisac oštrijih uvodnih članaka, i sve takve krupnije narodne brige i poslove otaljavao. Mrzeo je nepravdu i nejednakost, i ekonomsku i političku i socijalnu, i smelo se izražavao u krugu svom, u kafanici „Kod prepečenice", gde je redovno sedeo i govorio o berićetu lanskom i ovogodišnjem, o opštinskim koševima, o kiši i suši, i želeo seljaku kišu. I kad se spusti tako davno željena i očekivana kiša, on je onda zadovoljan i nudi duvanom one oko stola: — Pravi, Boga ti ljubim! Nema što ti danas, kad ovako pljušti ovaj božji blagoslov, ne bi' dao — veli, pa priča raspoložen dalje. Da mu, veli, neko kaže: „Šta bi voleo, Milisave, duše ti, pravo kaži: il' da ti dam jedan *milion* — ili jednu dobru *kišu* za našeg seljaka?"... Časti mi moje, kune se Milisav (stara zemljodelsko-šumarska krv!), časti mi moje i ove mi pričesti —

to jest, kud ja odoh — ovo nije vino — nego ove mi rakijice i ovoga blagoslova što pljušti, časti mi, ne bi' — veli Milisav — ni pogledao na milion nego bi' rekao: Aman, brate, šta će mi milion! Daj ti, brate slatki, meni *kišice;* pa kad ima naš 'ranitelj, naš gedžo — imaću i ja. Daj jednu kišicu, daj božji blagoslov onom veselom gejaku...

Eto, takav je objektivan, pravičan i nesebičan čovek bio taj Milisav Jekonomija, čije ćemo mišljenje izneti opširno i tačno, kao da je iz stenografskih beležaka vađeno. A koje mišljenje, mislimo, da neće biti na odmet, kad od jedne takve osobe dolazi. I onda nije nikakvo čudo, što je njegovo subjektivno mišljenje i osvojilo i brzo postalo objektivno i opšte mišljenje celoga grada...

— More, znao sam ja to — govorio je Milisav, opet u krugu svojih, u kafanici „Kod prepečenice"— da će to biti ono štono naši stari rekli: „Pojeo vuk magarca", čim se to tiče bogataške kuće. Jer, evo, brate slatki, sasvim prosta stvar! Čorbadži-Zamfir ima kuće, dućane, čifluke i vinograde, a gospodin načelnik, jopeta, nije s raskida za kakav dobar krkanluk, pa još kad je i muftaluk — pa se to nekako složi, ujduriše mu se to nekako... Vrana vrani oči ne vadi... Teško sirotinji! *Lako* je njemu, nego muka je *nama;* meni i tebi, i onome tamo bratu — i pokaza na zajmodavca Ljubisava — *muka je poštenim* ljudima!...

— More, znam ja sve to — nastavlja Milisav držeći na donjoj usni cigaricu a u isto vreme praveći novu — pa zato i lajem toliko. Zar je mene milo da se povlačim od sveta!... Čudite se, što ćutim, što se tuđim; što se po neki put, pa bogami, i našljemam ove rakijčine!... (Uostalom znaće se i to u svoje vreme...) Od muke je sve to, brate... Ne mogu... *ne mogu* da gledam šta se ovo radi — pa to ti je! Eno, gledam samo... Uzmi samo po našim novinama!... Novine, novinari, bre brate, ako ko Boga zna, ko jedni najčestitiji i jedni, zaista, najsvesniji sinovi ove zemlje — pa, eno, i *oni* profanisani... Eno, uzmi po novinama! Sporečkaju se dvojica, dva siromaška, reci, poguraju se malo, a po novinama sve raspričaju nadugačko i naširoko: Juče su se sporečkala dvojica, i posle kraće amalske i alaske svađe i grdnje, i potukli i uznemirili čitav ovaj kraj, kao da smo u centralnoj Africi a ne u civilizovanoj Jevropi... Šta će *stranci* reći na to?! A naše budne policije ni od kuda, da nas, vele, poštedi od svega toga!... Eto, tako kažu, kad je o sirotinji reč. A kad se *gospoda* potuku s ambrelima, da sve pršti — a oni samo ukratko pišu: Bili smo, vele, očevici jedne neprijatne scene; žaliti je i želeti je da se takovo što više nigda ne ponovi...

— Ili, još bolje, uzmi ovo na priliku: Žive nevenčano gospoda, i niko neće da kaže i nazove to pravim njegovim imenom. Ama kresni mu, brate, reci: popu *pop,* bobu *bob!*... Nego umotavaju to, kriju u kučine, te: simpatišu jedno drugom, te brak na levu ruku, te morganatički, te divlji, te neki nedozvoljeni i nedopušteni odnosi, i sve tako nešto. A kad sirotinja, što ne može da se formalno uzme zbog troška, počne kao gospoda — da vi'š kako onda nađu izraz i pogode pravo ime, onda prosto vele: spanđali se... Onda piše u novinama:

Taljigaš, reci Proka, i vešerka Sosa žive naočigled sveta i policije nevenčano. Žive na sablazan svetu, a najviše na sablazan onim čestitim i mirnim susedima. Čudimo se, vele, kako naša vredna policija, koja je tako revnosna i brza, kad koga treba kazniti za nepočupanu zubaču pred kućom, i za đubre u kući — kako je sada tako indiferentna i spora prema ovom, i to *moralnom,* đubretu!... — More — završi Milisav — mrzi me i da pričam — samo se naljutim, pa onda ne valjam i nisam ceo dan ni za kakav posao...

Svi mu odobravaju, vele, da je sve tako kao što on kaže, poručuju čokanjčiće lincure, a on opet nastavlja.

— Pa tako je i s ovim sad. Ona je odbegla, ili oteta — to ne menja mnogo stvar; glavno je, da je to fakat, *nepobitan fakat,* koji se više ničim ne može oboriti! E, ali je to čorbadžijska, bogataška ćerka, njen otac i načelnik ovako — i tu metnu jedan kažiprst kraj drugoga, da pokaže kako se Zamfir i načelnik slažu — i onda to ne sme tako ostati! Ne sme niko preko javnih glasila ni reči zucnuti o tome; i ako štampa postoji, i ako smo se mi krvavili i po apsanama trunuli, i koske naše ostavljali — samo da je dobijemo. I što će nam onda sve to?!... I pošto je ona čorbadži-Zamfirova — onda daj policiju i žandare, trči po kućama i vinogradima, vraćaj je kući, zamaži oči svetu, da ne vidi bruku, i zapuši mu uši, da ne čuje istinu!... Ama neće se ofajditi time! Ostade to; beše mu! Ni za milion miraza ne bih je ja — ja, ovako kako me sad vidiš, koji sem časti i inteligencije ništa pod ovim nebom nemam — ja je, ev' vidiš, ne bi' uz'o, pa ni za sve one kuće, dućane, čifluke, vodenice i vinograde!... *Časti* mi moje — ne bih! A nije malo, kad se čovek u *svoju čast* zakune... Ona je, vidiš, sad u mojim očima — završi Milisav podignutim glasom, lupajući na svaku reč šakom o sto, da su se sve tresli i zvečali oni silni čokanjčići — ona je sad prosto kao jedna knjiga iz antikvarnice... Ama, vele, nova knjiga, neisečena — jok, jok! Je li ona dospela u antikvarnicu — ona je stara! Ona je sad, ista Zona, nikako drukše, nego kao jedna poništena taksena marka!...

GLAVA OSAMNAESTA

Na šta su se sve rešili čorbadži-Zamfirovi, samo da bi ućutkali glasove.

Kroz usta istoga toga Milisava govorio je veći deo građanstva, i to je ostalo, i takoreći stereotipisalo se. I samo utoliko, ukoliko je kod nas „Svako čudo za tri dana", samo utoliko se manje i ređe govorilo o Zoni, ali kad se govorilo, govorilo se i tumačilo samo onako kao u prvi mah.

Zamfirovi su se tešili, da će to ipak proći, ali kad posle kratkog vremena postade i pesma, i kad je čuše — svi su bili kao utučeni. A pesma je glasila:

Na portu seđaše to Zone Zamfirče.
Tud se spaciruje Manulać bankirče.
— „Zdravo-živo, Zone! Što ti rade doma?"
— „Zdravo su mi doma, serbez si živuju,
Serbez k noći ležu, spiju, uranjuju,
Teke u sobu mi često nagviruju:
Doma li si, Zone? vazdan me pituju!..."

Više se nije moglo trpeti. Morao se tražiti neki način i lek zlu. Zato su odmah i našli, da će biti najbolje, da brzo svrše stvar. Što će biti jesenas, neka bude večeras. A valjda je i suđeno i pisano, da to tako bude.

Zato se prve nedelje po podne krenu tetka Uranija (jer je od tetka Taske, koja je inače svršavala takve stvari, oduzeto svako punomoćje, pošto je bila oglašena za baksuza), da ona pokuša da raskravi i oslobodi Manulaćeve starije i da im sama ponudi i opomene ih i da im mig za proševinu. Ako što misle, neka se — da im kaže — i požure, jer Zoni se javljaju mnoge prilike; traže je neki oficiri, tri frontovna i dva akademska; a oni opet nisu baš radi, da im dete ide u gurbetluk, nego bi voleli da im je tu na očima, i radije bi je dali u kakvu čestitu ovdašnju trgovačku kuću — tako, otprilike, neka kaže.

Tetka Uranija ode, ali se ne vrati. Nema je ni u ponedeljak ni u utorak celoga dana. Kod Zamfirovih odmah osetiše, da nije dobro, kad ne sme da dođe, zato se u četvrtak krenu sama Tašana do Uranije, da vidi šta je bilo. Zla slutnja se obistinila. Tetka Uranija joj je sve ispričala. Kad im je, veli, ona razgovetnije nagovestila, zašto je došla, oni, Jordanovi, su se učtivo izvinjavali: da im dete nije još za ženidbu, da nije odslužilo vojsku, da će ga možda poslati gore u Grac, na više trgovačke nauke (na što se tetka Uranija grohotom nasmejala i rekla: „Lelee, staro magare, ta mu se sag toprv setiste za samaricu!") i sve su takve neke stvari navodili, da je očevidno bilo, da se na fini način izvlače i odbijaju. Jasno je bilo da neće, i da veruju čaršijskim glasovima, jer je Uranija odmah sutradan čula, dostavljeno joj je, da se Persa, Manulaćeva majka, jasno i razgovetno izrazila na jednom mestu kod žena: da zato neće Zonu za sina, što iz njihove porodice još do sada, hvala Bogu, niko nije „skočidevojku" uzeo, pa neće ni Manulać, makar se nikada ne oženio, makar otišao u kaluđere, u svetu Bogorodicu Gabrovačku. A sem toga — pričala je Uranija — i to je imalo nešto da znači i nije tek onako — što je Jordanovica neobično stala hvaliti Manu kujundžiju, baš sada (e što to baš ona i baš njega da hvali!) kako je momak naočit, dobar,

„krotak kako devojka" reče, kako je sem toga čula, da su se nekad Mane i Zona pazili i sevdisali, i kako im je zar pisano da se i uzmu. A da to ne bi bio prvi slučaj, niti kakvo čudo, da se orode čorbadžijska i zanatlijska kuća, spomenula je neke davnašnje slučajeve, koje je još kao dete slušala, gde se čorbadžijski sin oženio pudarskom ćerkom, i obratno, gde se poljak, što je čuvao blizu groblja, oženio nekom trgovačkom udovicom i ušao u punu kuću; a Mane je, veli, tek nešto više: rastapa zlato, okiva ikone, kuje minđuše i belenzuke, pa i ovo sad sa Zonom, završi Persa Jordanovica, može da ispadne po onom narodnom: „Zlatu će se kujundžija naći"...

***

Jasno je kao dan bilo, da je Jordanovica ciljala na Manu, da je drugim rečima htela reći: kako ste drobili, tako i kusajte. Ona sumnja na Mana. A Mane opet, kako su čuli, ne da se ni opepeliti, da je on štogod u to umešan. — Eno, onomad je istuk'o jednog, što ga je zapitao, šta je on sad: momak, udovac, ili šta li? Brani se, da nije ni snevao ono što mu se prišiva: nit' je odveo, niti je pokušavao, niti pak izneo taj glas za devojku; ako je ko to uradio, to nije niko drugi, nego Manulać. Međutim i oni koji su i mislili, da je Manulaćevo maslo sve to, batalili su tu pomisao, kad su ga videli i bolje zagledali, jer su našli, da taj ne bi mogao povesti za sobom ni jednu junicu na ularu, a kamoli najlepšu devojku, kao što je Zona!...

Mane, Mane je majstor za tako nešto. Čapkun-Mane, Đorđijin sin, krijumčarska stara krv — on je i niko drugi pustio taj prokleti glas, koji Zamfirovima ne da spavati. Da je staro tursko vreme, čorbadžijsko vreme, uzdisahu Zamfirovi, bilo bi lako: degeneci (a možda i surgun) mu ne bi falili — ali je Srbija, za fukaru slobodija, pa muka!...

Zato nađu da će još najbolje biti, ako pošlju na mesec dana Zonu u goste kojoj od sestara. A imala je tri zeta u okolini. Spreme je u P*, pa tamo neka posedi kod sestre, može joj se kakva sreća javiti tamo. I tamo ima bogatih trgovačkih kuća, a lepoticama se baš ne može bogzna kako pohvaliti to mesto. A najposle, ako joj se baš i ne javi sreća, a ono je i to neka fajda, što će se neko vreme ukloniti ispred očiju sveta; svet će je zaboraviti, pa će i glasa onog tako polako nestati.

Tako i urade. Dođe zet Gope po Zonu i odvede je. Ali je nesreća bila to, što je ona pesma o Zoni stigla pre nje u P*, i Zona je samo interesantna bila tamo i ništa drugo. I mesto da ostane tamo tri-četiri meseca, ili dvared duže nego što su mislili — vratila se odande posle šest nedelja, tužna i zlovoljna, tužeći se na dugo vreme, provedeno tamo.

Posle dve-tri nedelje, dođe po nju drugi zet, zet Toške, i odvede je sobom u L*, drugoj njenoj sestri. A bolje da nije ni dolazila, jer i ovde je ona prokleta pesma pre nje stigla, pa je bilo kao i u P*. I još gore od onoga. Tamo su je tek kalfe počele pevati, i to tek solo — a ovde je već i šegrti pevaše i to u horu: u duetu, tercetu, kvartetu, kvintetu i tako dalje. Pevali je i šegrti i tamburaši! — Tu se još manje skrasila nego u P*. Ovde ni tri nedelje nije ostala. Užasno joj teško, dugo i dosadno bilo, i ona se vratila zlovoljnija i tužnija nego ikada što je bila.

Trećem zetu u L* nisu je ni slali. Jer su im odatle pisali: da je ne dovode sad, bar još za neko vreme, dok se ućuti sa nekom prokletom pesmom, koja se tamo sada najviše i najradije peva, a počinje se: *Na portu seđaše.* Zona je bila — što lepo rekao tada poštar i telegrafista Pajica, Edison nazvani — bila je sudbine jednog rđavo adresovanog pisma, koje luta iz mesta u mesto, pa se, crno od silnih žigova, vraća pošiljaocu sa onim hladnim, zvaničnim i nemilosrdnim natpisom: „Retur! Adresant se ne nalazi u mestu!...”

GLAVA DEVETNAESTA

U njoj su opisani očajni koraci, učinjeni od strane Zamfirovih na sve strane a najviše oko Mana, kome su u poslednje vreme akcije počele naglo skakati.

Prošla čitava godina od onog kobnog večera, a stvar još jednako stoji, da ne može biti gore. Manje se, istina, govori, ali kad se već govori o tom, samo se onako govori, kako se prvih dana govorilo. Govori se dvojako, i ovako obično, a i u stihovima. Na ono prvo mogli su nešto i odgovoriti, ali na ovo u pesmi ništa; morali su slušati i oćutati. A malo koje veče da im ne prođe pored kuće gomila kalfica, trgovčića ili pisara iz divizije i iz ranih vojnih slagališta, i ne zapevaju baš pred kućom:

Teško dolji, kud se voda sliva
I devojci, koja sama dođe!

I tako prošla čitava godina, vek čitav za Zonu, na koju sva rodbina popreko gledaše čak i oni dalji, koji davno već ni pristupa ne imađahu u hadži-Zamfirovu kuću, i oni je napadahu i odricahu se srodstva s njom. A tek kako je bilo Zoni i onima što dolažahu! Šta je saveta i karanja progutala za tu godinu — to samo ona zna! Otac Zamfir je s njom vrlo malo govorio, a tetke i strine bolje i da nisu, jer čim zinu i otvore usta, one joj samo pozleđuju rane svojim hukanjem i kukanjem: kako su i one devovale i ašikovale — ali toga čuda nije bilo; kako će ko nikoja ostati usedelica na sramotu Zamfirovih, iz čije su se kuće u srećno vreme već u petnaestoj godini udavale! Ili je krišom pogledaju, mere je očima od glave do pete, vrte glavom zabrinuto, sažaljevaju u sebi šapćući „Lelee!", ili puštajući zvuke „Ccc!" a to sve Zona, naravno da i čuje i vidi, pa joj teško i plače povazdan...

Jedina majka Tašana što je bila nežnija prema njoj; tešila je, da to nije ništa, ali je i ona krišom pogledala i tajom plakala. Užasno je provodila i dane i noći; danju crne misli a noću strašni snovi nizahu sve crnje i crnje slike iz budućnosti Zonine.

Često noću misli Tašana i dugo ne može oka da sklopi misleći o Zoni, pa valjda pod utiskom tih crnih misli i zaspi, pa često sneva nemile snove. Sneva Tašana, a ko njena Zona učena, nije više onako umiljata, ali je učena; vrlo učena, sve na svetu zna, nosi čak i naočare. Čudi se Tašana otkud sve to zna, i gde je naučila Zona sve to?! Govori francuski, nemački, grčki zna. Ide po gospodskim kućama, kurdisuje klavire, svira iz neke velike knjige i pečali pare, i uči gospodsku decu da govore francuski i odsvud donosi silne pare i meće ih na gomilu. Ujutru ode, a uveče dođe. Nema više one raskošno bujne kose, onog dugog lepog kurjuka, otrcao se i krzao jednako, dok nije došao tanak i kratak, malo duži od mačjeg repa, posle nestade i njega. Odsekla ga Zona, ošišala se, a na trašavoj glavi joj muški šešir neki (pa došla ista poznata madmazelj D'Angulem što uči decu francuski). Krsti se Tašana, briše suze i pita je: „Što se napraji, dete, rezil? Što iskube, mori, kurjuci? Koj će te takvu, bez kurjuci, uzne?!" — A Zona joj odgovara: „Mori, glaj si posla, nane; *ja* li ću se zar udam?! Ba! Meni mi stiga i ovakoj!" — „Lele", plače Tašana „istin' li zar iskaš devojka da ostaneš?!" — „Ama pa može da se i udam", odgovara Zona „teke neje zort! Ima vreme, nane! Zašto si ja pečalim i zbiram onol'ke pare? Za miraz, nane! Pa može i da se udam za nikoga... da se udam za onoga ćeleš-efendiju Isidora, agent što je osiguravajućoga drustva… a može lasno da si ostanem i devojka… A, jedna li ću sam ja *takva!?*"…

Nikad tužnija i utučenija nije Tašana bila nego posle toga sna. Celoga dana joj nije izbijala iz glave slika madmazelj D'Angulem, poznate u mestu učiteljice (sa osobitom metodom za lako i perfektno učenje francuskog jezika) koja se sa Lafontenovim *Basnama* često viđala po glavnijim ulicama. Sutradan je pozvala Uraniju i Kaliopu, rešena da učini još jedared, poslednji put, korake u obe kuće, u Maninu i u Manulaćevu. Zamolila ih, da odu, Uranija do Manine a Kaliopa do Manulaćeve kuće, i da ih zapitaju i zatraže da otvoreno kažu šta misle s devojkom — pa kud puklo da puklo! Ove odoše i vratiše se s neveselim glasima: jer Uraniji rekoše, da sumnjaju u Manulaćeve, a Kaliopi opet odgovoriše, da sumnjaju u Manine…

***

Sve ovo rađeno je, ako ne baš sa odobravanjem, a ono sa, znanjem hadži-Zamfirovim. Ah, da je ono staro tursko vreme, uzdisaše stari Zamfir, kada je on posle paše i vladike bio prva sila — sve bi to drukčije bilo. Ali ovako nije ostalo hadži-Zamfiru ništa, nego da duva na nos, pa da sam potrudi svoje čudo i gospodstvo i da sam traži leka tome zlu i nevolji. Dok je malodušna ženskadija očajavala misleći da je sve propalo, on je kao čovek, bio jači i staloženiji i, kao iskusniji, držao je, da još nije sve propalo. A nadao se uspehu, jer je spremio teren. O Mani se lepo izražavao. U jednom društvu hvalio je Manu kao jednog dobrog zanatliju i pričao im, kako je lepo živeo s ocem njegovim, pokojnim Đorđijem. Kako su jedan drugom u pomoći bili; on Đorđiji, kad je zbog nekog krijumčarenja mogao da povuče, a Đorđija opet njega odbranio od nekih pijanih askera. Tako je govorio već od dužeg vremena i pustio, da se to čuje i na dalje, da dopre do Mane. Pa ne samo da se zadržao na hvali rečima, nego je i delom dokazao, da ga ceni; poručio je preko svoga čoveka jednu Bogorodičinu ikonu da je Mane okuje u srebro; i poručio i bogato mu isplatio.

I kad je tačno izvešten bio, da je Mane sve to čuo, i kad mu se Mane počeo već i javljati — krene se jednoga dana sam glavom čorbadži-Zamfir — ne kazujući, naravno, nikome ništa. Ali to, što je obukao pantalone gugutkine boje i poneo skupoceni štap od abonosa — davalo mu je svečan izgled i ukućani su odnekud slutili, da se domaćin krenuo na vrlo važan posao.

Tako je hadži-Zamfir pošao čaršijom idući polako i dostojanstveno, birajući kao golub, gde će da stane. Hod mu je bio kao hod čoveka, koji se krenuo, da se onako malo prošeta jednog lepog septembarskog dana; da se nagleda lepote i šarenila na pijaci, gde seljanke prodaju grožđe i breskve. Usput se zadržavao malo kraj grupa seljančica; zaustavljao ih i pitao ih: kako su zadovoljne s berićetom i kad će biti berba u njihovom selu.

— Iz koje si selo, dete? — zastade Zamfir i zapita jednu seljančicu.

— Iz Vrtište.

— Tatko — koj ti beše?

— Stojanča... Topal-Stojanča...

— Stojanča... Stojanča? — priseća se hadži-Zamfir, pa ne može nikako da se seti. — A, majka... kako ti se zvaše?

— Bela! — odgovara devojče.

— Bela? Ne li Bela Stojančina? Pa ti li si gu kerka? — reče začuđeno, i maši se za grozd i pipnu zrno-dva. — Bre, bre! Zar tol'ku golemu kerku ima Bela!? Znavam Belu Stojančinu... Poznavam ti majku! — veli Zamfir i gleda lice devojčetovo; valjda u pameti sravnjuje crte kćerina lica sa majčinim. — Poznavam gu, poznavam! — ponavlja Zamfir. — I Topal-Stojanču, tatka ti, poznavam ubavo! Krotka žena, ubava domakica beše! E li jošte onakva dobra tkalja, kako u onoj vreme što beše?... Beše dobra tkalja — i ti si takva da bidneš, kako, kako, ete, majka ti! — reče i tiho uzdahnu pri pomisli, da će sve biti što je bilo, samo on neće više biti onaj negdašnji!... — He, aj' idi si — veli joj — pa se pozdravi na majku... Rekni gu: pozdravija ti se hadži-Zamfir... Poznavam gu, kako da gu ne poznavam!... Beše dobra argatka... rabotila mi je, u lojze... Beše vatra za rabotu... vredna... radi i sve poje... volešem gu, kad potrči! Pa da gu pozdraviš dete! Rekni: čorbadži-Zamfir... što imaše lojze u Ćurline...

Tako je još neke zaustavio i pitao za berićet, pa utom stiže i do Manina dućana. Mane mu se javi, a on ga otpozdravi onako u hodu. Prođe dućan za nekoliko koraka, a posle zastade, kao da se setio nečega, i vrati se i uđe u dućan na veliko zaprepašćenje Manino, koji skide brzo fes i skoči sa sedišta, ali ga Zamfir povrati uzev sam stolicu.

— Ostani si, ostani!... Sedi si!... Ti si raboti, a ja će si sednem malko.

Mane pokri glavu, zbunio se, iskašljuje se i maša za tabakeru.

— Pa, Mančo, kako si?... Kako pazar, ališ-veriš kako? — zapita ga Zamfir posle kratke pauze praveći i sam cigaru.

— The, sprama godine! — veli Manča raspremajući ispred sebe onako u čudu i zabuni jednako.

— Sag, vidi čudo? — otpoče hadži-Zamfir. — Ima si čovek sijasvet deca, pa sve zdrava i cvrsta i ubava, a jedno... ono najmalecno što je, ono žuto, slabo i nikakvo — i tatko ga pa pobolje voli odi sva druga deca! E, zašto je toj sag tako u svet — koj će da zna!... E, toj ti je sag alis i sas men'... A sag će ubavo i vidiš i razbereš, zašto ti demek, toj tol'ko dugo zborim! Imam si dom teste mušljike, i sve pobolje i poskupe, a na ovuja mi keif da pijem tutun, a one si sede dom, pa ako su poubave i pobolje odi ovuja! Ti si esnaf čovek, majstor na mušljike... razbiraš se u tej stvari... E, kaži mi, zašto je toj?

— He — snebiva se Mane, a utanjio glasom još više. — Ima si čovek keif i na ništo što je pološe... naučija se...

— Ha! — odobrava Zamfir. — Aškoljs'n za taj reč!... Ovuja mušljiku imam si... znaš od koje vreme gu imam?! More, i ne pantim veće!... Od tatka mi ostade, a on gu dobija u damno vreme odi vladiku Melentija, onoga što ga u grčku bunu obesi pšeška vera tuj na nišavsku ćupriju... Pa zar za toj mi može da je keif da čurim na njuma. Ako gu neki put zab'ravim dom, a men'-mi se ne čuri, keif nemam!... A imam si dom teste bre, em poveće i poubave i poskupe. Da gu izgubim, batalija bi' i duvan i čurenje!...

— Tabijat ti takav, hadžijo!

— ...pa ete mi se — nastavlja hadži-Zamfir razgledajući cigarluk o kome je reč — ništo sag batisala; spade gu prsten, i srma se pokidala, pa i ne prilega veće na mušljiku. „Prati gu — zbori mi gospodin načelnik — po Mamut-agu (on si ide sag u Tursko, a skoro će se vrne odande), pa da gu, reče, odnese u Prizren, eli u Peć; tam' su, reče, majstori za takve rabote!" — More, što će mi i Peć i Prizren i Stambol — ovden si je Stambol i sve! zborim gu pa ja. Imamo si mi *ovden*, vikam ja, gospodin načelniče, kujundžiju, ama antiku-kujundžiju! Pobolji što će mi, i kude da ga tražimo... što ni treba drugi, vikam ja, pri, ete, našoga Manču. Naše si je dete... Sam ću gu — ako se, kad minem kroz čaršiju, setim — sam ću gu, vikam, odnesem do njeg'... Ako gu on ne bude ekimin i doktur i ne opraji gu — oću si batalim i duvan — zašto cigara-pušenje bez ovuj mušljiku ne biva!... Lezet, taj *slas'* nema!...

— Fala, fala, čorbadžijo, za taj čes' i reči tija! — veli snebivljivo Mane.

— ...ta već nedelja dana kako gu nosim, pa sve si zab'ravim... Ta i sag vide li, kako prokaj tvoj dućan prominu'; ća pa da zab'ravim, ama se seti' i vrnu' do teb', da mi, ete, kurdišeš mušljiku... — završi hadži Zamfir i pruži mu cigarluk. — A ja će pratim za njuma — dodade — kad bude gotova...

Mane razgleda muštiklu. Kaže mu da se i lako i brzo može popraviti, za četvrt sahata, i pita ga, gde će biti, da je pošlje za njim.

— Što da mi pratiš?! Kad vikaš da je za čerek sata gotova, pa ja će si tuj pričeknem, a sud i gospodin prisednik mi neće pobegne... Pošeja sam u sud... — veli Zamfir praveći cigaru i mećući je u jednu muštiklu. Povuče nekoliko dimova, pa baci cigaru i vrati muštiklu u futrolu. — Ete, toj si je, alis što *ti* otoičke reče: „Ima si čovek keif i na ništo pološe... naučija se!" Vide li? Ne čuri mi se! Keif si nemam na drugu... Isti taj duvan, ama neje ta ista mušljika! Tri-četiri dima, pa gu frlji'!...

Mani milo, što mu čorbadži-Zamfir navodi njegove reči. Zadubio se u opravku muštikle. Sam radi, jer je maločas poslao sve mlađe iz dućana i ostao sam.

Tišina. Zamfir razgleda po dućanu i izjavljuje od vremena na vreme svoje i čuđenje i zadovoljstvo, a Mane se udubio u posao, pa radi, ali se kradom ispod očiju počešće pogledaju, zavaravaju jedan drugoga, dok im se jednom pogledi ne susretoše.

— Ahaha! — zeva Zamfir i zevajući pita: — Koľko si platija, Mane, za ovuj Verthajmovu, ete, kasu?

— Za koju? — pita Mane. — Za onuj pogolemu, eli za oveja male?

— Bre! Tri li imaš? — zapita začuđeno Zamfir, i sad tek spazi i onu veliku iza leđa.

— Za golemu, dvokrilnu, šest stotina, a za malu, za svaku po dvesta i pedeset.

— Aferim — hvali ga Zamfir — kada doživesmo i toj, da naše dete ima si *tri* kase.

Mane mu kaže, da su mu obe potrebne zbog dragocenosti kojih ima mnogo, pa ne može da ih svako veče odnosi i ujutru opet donosi u zelenim kesama, kao nekad što su stare kujundžije radile.

— Eh — veli mu Zamfir — kude su bili oni stari sprama *teb'!* Onoj beoše *prstendžije* i *dugmendžije,* a ti si zlatar, *juvelir* jedan, može da se vikaš! — laska mu Zamfir.

Dugo se još razgovarahu o momcima i čiracima i o pazaru, kad uđoše dve seljančice u dućan, da kupe grivnu, jedna starija a druga mlađa.

— Šta iskate? — pita ih Mane.

— Ja neću da pazarim, sal prajim drustvo... iz jedno smo selo, i komšije... Ona iska da kupi ništo... sag prvi put kupuje, pa se sramuje... — reče starija i pokaza na mlađu, koja je stisla pare u šaku, pa se zablenula u Manu i zastala odmah na ulazu u dućan.

— Što iskaš, što ti treba?

— Iskam, trebe mi srma-mustaći... Lele — trže se mala — posmešila sam se! — zamuca zastiđeno devojče i pokri šakama pocrvenele obraze. — Trebe mi, ete-te, iskam *srma-belenzuci...*

— E, toj može — umeša se stari Zamfir, koji se slatko nasmejao. — Toj može, toj ima. Belenzuci se prodavaju, a mustaći se sal davaju, a ne prodavaju — i stade očinski milo gledati obe mušterije. Zausti, da ih pita iz koga su sela i čije su, ali se uzdrža, valjda zato, što je u Maninom dućanu. Devojke pazariše, pa i odoše.

Ostadoše opet sami.

Opet mala počivka.

— Bre! — poče hadži-Zamfir — iskvari se mnogo svet! Batisaše se i selskije!... Ni ima veće stid, ni čes', ni pa sramuvanje ono starovremsko!...

— Pa, posmešilo se dete...

— „Dete" — a vide li kako ume da zbori i što iska da pazari! Poznavaš li *gu?*

— Ne poznavam *gi,* hadžijo...

— Eh, kujundžija pa da ne poznava selski devojčiki! — dira ga Zamfir. — Neje ništo lošo... Teke... Zborim si... *za teb'* neće da valja!... Zašto ti si jošte adžamija, prajiš si kef s usta, a drugi sluša, pa misli, istina je... slušaju čiraci, pa *neje red* za esnaf-čoveka. Iskačaju loši reči!... Ne činiš ništo lošo, ama — neje red!... A da si imaš domakicu, e, toj veće na drugo prilega! Toj si je red, ama i tagaj to ne biva pred čiraci!... A ti što radiš sag?... Harčiš takoj i gubiš si mlados' tvoj ubav... Vreme prominjuje... Treba veće da se ženiš... majka ti ne može sag lasno hizmet da ti čini... Na majku treba da misliš, dete!

— Pa će se ženim...

— E što čekaš?... Iskaš pare, *miraz?!*...

— Jok, čorbadžijo, *devojku* si iskam!... „Miraz"... Nišlijski miraz! Što će mi davaju u miraz? Jednu kesu *leblebije*...

— Što kesu leblebije! Ama, ima po neki, pa će i pare da dava! Pitujem te, ete, sal toj: tražija li si?

— Nesam tražija, teke...

— U koga si tražija, da ti ne dava? Imaše li ga u naš varoš tak'v čovek?...

— Kako da ti reknem, hadžijo... Iskoči loš reč za men'; ta lovdžija sam, meraklija sam, džimpir, kockarin... iskoči *nikakav* čovek, hadžijo, u čaršiju pomeđu trgovci i esnaf-čoveci!... Ta kako sag da tražim, kad ubavo si znam, da mi neće dadnu devojku?

— Ta što nesi tražija nikog potakvog čoveka, od red čoveka... Tatko ti imaše prijatelji sijasvet, a ti si žmiješ neženet i gubiš si mlados' sa selski zveri... I ja ti se s tatka živuvašem alis kako s brata... E li si došeja pri men' i pitaja *men'*, da ti, demek, navodadžišem za niku trgovačku kerku?... Nesi!...

— Nesam... — odgovara Mane, i pruži Zamfiru muštiklu, koju je opravio.

— Ja si sina nemam, Mane. Tatko te Đorđija *men'* u amanet ostavi. Toj si ne znaje niki; znaje Bog i crna u Gorici zemja, što ti tatka pokriva. Po sag da me ne zoveš *čorbadžijo* i *hadžijo*, veće *tatko* da me zoveš... Tatko sam ti, zašto si mi *amanet*. Ako iskaš da se ženiš

— men' mi sal kaži... Razbra li? — završi stari Zamfir i oprosti se s Manom, koji ga, silno tronut, pri polasku poljubi u ruku...

***

Vrativši se kući stari Zamfir je poverio domaćici razgovor s Manom i nije krio, da se nada da ga je Mane razumeo, i da će koliko sutra ili prekosutra stvar svršena biti. A da je majka ćerki poverila to, nije, mislim, nužno ni kazivati.

I svi se nadali i svakoga dana očekivali, da se pojavi ko od Maninih. Ali su se prevarili svi. Prođe nedelja dana, a od Mane ni traga ni glasa. Čak mu je po pouzdanom čoveku poručeno: da Zamfir daje uz Zonu pet stotina dukata miraza na dan prstena. Mane je bio srećan i zadovoljan, posle one scene sa starim Zamfirom; razumeo ga je dobro, pa ipak nije ni koraka prišao na susret željama hadži-Zamfirovim. Znao je on dobro staroga gospodara; znao je da je u kući svemoćan, da što on kaže, to je kazano, a što zapovedi da će biti i poslušano. — Pa ipak, nije hteo ništa silom da dobije. A posle, njega i nije vređalo to, kako su o njemu mislili i cenili ga stariji njeni, nego ga je bolelo ono, što je ona o njemu mislila i rekla, i iza njegovih leđa, i njemu u oči. I što bi ona sad učinila, kao poslušna kći, od straha očeva, zastrašena i prisiljena — to mu nije trebalo. Zato je Mane ostao i nadalje hladan i povučen, i ostavio ih bez odgovora.

Ovo je silno dejstvovalo na sve u hadži-Zamfirovoj kući, a na Zonu najviše. Bila je kao ubijena; tužna povazdan, sumorna i lepa kao jesen koja nastajaše. Kao požutelo lišće što se kidalo i opadalo, tako i nade njene kidahu se i opadahu jedna po jedna. Obuze je i pritište teško i gorko kajanje. Rastužilo je ovo tiho jesenje vreme... Ah, kako je mogla biti srećna! razmišljaše sećajući se njega i reči njegovih, a sedeći usamljena, zasipana jesenjim lišćem, na doksatu, i kidajući mitrovske, zimnje ruže, zapeva tiho pesmu:

U bašču mi zumbul rast'o,
Ja ga ne gledah;
Na zumbul mi bulbul poj'o,
Ja ga ne slušah!...

GLAVA DVADESETA

U njoj se pripoveda, kako se dogodilo ama sasvim od reči do reči po onoj bačvanskoj pesmi, koja glasi: „Ja sam curu molio i lepo govorio, a sada je došlo vreme — cura moli mene!"

Jevda je bila žena još mlada i lepa, ali staroga kova, „starovremska", kako bi tamo rekli, ozbiljna i dostojanstvena. Sin njen, Mane, jako je poštovao i bio prema njoj neobično nežan i poslušan. Ali baš zato joj nije mnogo poveravao nikada. Pa tako i sada. Ono što je znala tetka Doka, nije znala majka Jevda; jer Mane nije hteo, a drugi joj nije smeo kazati to. Jevda je čula, istina, da se nešto priča o Zoni, o nekom begstvu, o nekoj otmici, ali Manino ime nije čula tom prilikom, a celoj stvari nije poklanjala nikakve vere. Ona je znala da je Zona dobro dete, i sve ovo je smatrala i prezirala kao gadne spletke besposlena sveta, spletke, koje je na jedno uho primila na drugo pustila, čula, pa i zaboravila.

Zato se silno iznenadila, kad joj na Krstovdan priđe glavom sama Zona i poče o tom istom da joj se jada. Jevda izašla malo iz crkve i sela u trem, koji je oko crkve, a Zona je vrebala i uvrebala. Iskrala se od svojih, samo da se sastane s njom. Priđe joj i poljubi je u ruku, pa je odazva na stranu u baštu crkvenu, tamo pod osmanluke. I tu joj se izjada. Iznese sve, šta je i kako je bilo. Plačnim glasom pričaše joj Zona, da je ona, istina, kriva, jer ga je volela i htela za njega, pa tetke pokvariše — ali da ipak nije zaslužila da tako prođe, i da je Mane još krivlji, jer je on izneo na glas, on i niko drugi, on, koji joj je pretio i pretnju svoju i ispunio. Upropastio je, i ona sada ostade na podsmeh kao nijedna njezina druga, završi Zona i briznu silno u plač.

Jevda je neko vreme iskreno branila svoga sina, verujući i sama iskreno, da nije do njega krivica, ali kada Zona spomenu Dokino ime, da je i ona tu umešana bila — Jevdi je onda sve jasno bilo, sve je verovala da je sušta istina. I ona obeća Zoni, da će učiniti sve kod sina, i da se nada, da će je Mane poslušati i da ona neće dugo plakati...

Idući kući Jevda je razmišljala o tome. Bila je tužna i zamišljena. Plač unesrećenog devojčeta zvonio joj je jednako u ušima kao zvono koje oglašava mrtvaca, a reči poslednje Zonine, koje joj je rekla praštajući se i ljubeći je u ruku: „Strinke Jevdo, eli ćeš mi *ti* sag ovej jeseni da bidneš majčica — eli će mi to na prolet bidne Gorica i zelena travica!" — reči te nikako joj ne izbijahu iz glave. I sada joj je sve jasno bilo. Verovala je, da je sve tako, kako joj je nesrećna devojka rekla; verovala, kao da je sama svojim očima gledala i svojim ušima čula. Sad joj je jasno bilo i ono raspoloženje Manino, a setila se i pokojnog Đorđije, oca Manina, da je i onaj uvek gotov bio na takve stvari — a Mane je isti otac...

Silno je optuživala sina, ali samo zato, što je bio Krstovdan, uzdržala se i nije mu toga dana ništa spomenula. Ali sutradan napade ga svom žestinom jedne uvređene čestite majke. Mane se trudio, da se brani i odbrani.

Jevda tada planu:

— Ti dušu nemaš, Boga se ne bojiš... Devojačku sreću da ubiješ!...

— Ama nesam, nane... — brani se Mane.

— Jesi! Jesi, nesrećo, poznavam ja Đorđijinu krv!... Đorđijo, Đorđijo!

— Nesam, nane — brani se i kune Mane — živa mi... ete-te...

— Dede, dede, mori... Zakuni se! Što poče, pa zastade... Što se ne zakuneš?!... Zakuni se, de ako smeš i možeš!...

— Ama de, nesam, nane... ete... lovačke mi sreće, nesam.

— Jesi, jesi, Mane. Znam te ja tebe ubavo!... Jesi!... Ti da se oženiš, a ona da te kune! Toj da si dočekam, crna majka!

— Ja se neću ženim, nane.

— Mančo! — reče Jevda podignutim glasom. — Uzni se, dete, u pamet! Bog dužan nikom ne ostanjuje!... Skudena i oklevetana devojka kada prokune, teško će ti bidne, sine! *Do Boga* se, mori, čuje njojna kletva!...

— Ama, nesam, nane!

— Jesi! Za sve si sal ti kabaet! Ama si inaet i inćar, kako i tatko ti što beše. — Pripreti mu i samim vladikom. — Mori pri deda-vladiku ću iskočim na daviju. Kako ti to misliš?! Zar da skudiš devojku, pa da si kapče nakriviš?! Crkvu pobolje da si batisaja i oganj u nju frljija i zapalija gu — nego što si skudija devojku...

Mane ućuta i ne hte više da se brani, a nije mu lako bilo ni da sluša karanje, zato se diže i ode od kuće. Osećao se, da nije ni za kakav posao, zato uze pušku i ode u polje, da se razonodi malo.

* * *

Išao je tako celo posle podne. Dan bio lep, topao i vedar septembarski dan, sumoran ipak malo zbog one tišine, koja je obična već ranih jesenjih dana, kada nas većina ptica selica ostavi. Mane je obišao svoje vinograde, svraćao i posedeo još u nekima, a kad sunce već na smiraju svom beše, vrati se i Mane ne uloviv ništa. Od silnih misli i osećanja nije lovio ništa; jer kako je u mislima zanet bio, mogli su mu zečevi preko puške preskakati, on ih ne bi ni opazio, a kamoli gađao!

Već je pao mrak, kad je stigao i prolazio kraj poslednjih vinograda, što su najbliži varoši. Iz misli ga trže ženski glas: „Bata-Mane, ti li si?”

Mane se zaustavi, a iz žbunja mu se približavaše jedna ženska prilika, i kad mu priđe bliže, opet ga oslovi:

— Poznavaš li me, mori?

— Koj si ti? — zagleda je Mane.

— De, nesam kumita!... Što, jošte li me zar ne poznaješ? — smeje se ženica. — Ja sam si Vaska... Vaska Gmitraćeva, zar me ne poznavaš... što sam bila u hadžijske izmećarka, a donosila ti aberi od Zonu...

— A, ti li si, Vaske devojke?...

— Ba! Nesam više devojka — veli zadovoljno i ponosito — veće šes’ nedelje, kako sam udadena...

— Bre! A za koga se udade?... Koj ti beše čovek?...

— Za Gmitra grnčara... Imamo si tuj lojzence, pa iskamo preko-jutre grojze-branje da prajimo... Ete mi ga tuj i čovek mi... on me i pušti sag pri teb’... Ja te vido’, kada prođe, pa te čekam odamno... Imam jedan aber za teb’ i pozdravlje...

Mane se tiho iskašlja, pa se krene i pođe polako, a za njim pođe i Vaska, mlada ženica koja se silno prolepšala otkako se udala... Srećna i vesela u svom novom životu želela je sreću celom svetu, zato je rado pristala da bude posrednica između dvoje nesrećnih. Opazila je Manu, kad je prošao u lov, otrčala Zoni i kazala joj sve, vratila se odande i vrebala i uvrebala sada Manu pri povratku kući. — Posle kraće počivke, razmišljajući kako da otpočne, progovori ženica:

— Mori, zašto me ne pituješ, bata-Mane, od koga si je, ete, aber i pozdravlje?

— Pa toj si je tvoje znanje.

— Pa pituj me, de!

— Pa od koga?

— Pozdravila ti se Zone...

Mane ćuti i ništa ne odgovara.

— Ču li, mori! Pratila me Zone, da te mahsuz nađem i da ti reknem: da gu mnogo milo za teb'... bez teb', reče, život si nema...

— Kol'ko će put pa tija isti reči da mi kažeš i zboriš?...

— Što! Ne veruješ, bata-Mane?

— Da se nesi posmešila, nevesto?... Znaš: Manulać i Manča slično mu dolazi — ta može da si zab'ravila za koga ti rekoše...

— Ama, de! — smeje se ženica. — Mori, kakav Manulać!? Ešek... pule čorbadžijsko!

— Ja se veće jedan put prevari'... Drugi put neće me lasno prevarite!

— Jok, jok! Sag je drugo! Prizortilo je... Eve, pratila ti ovoj cveće! Sama ga je trgala u bašču, za teb' ga trgala! Poljubila ga, kad mi predade za teb' — poceluj ga i ti sag! Reče mi jošte, da ti reknem: da pročetiš iz njeg'... „Kako je, reče, ovoj cveće bledo i vene, takoj, reče, bledi i vene i njojno lice od kara-sevdah"... — reče ženica i predade mu kitu belih hrizantema. — Jošte te je pozdravila, da gu prošćavaš, zašto je prolet damno minulo, jesen došla — *zimske ruže* su cveće!... Nesu ruže od prolet, ama neje, reče, veće ni ona što je bila! Bilo cveće — bilo i Zone!... — završi dršćućim i zagušenim glasom mlada ženica i obrisa krišom suze, pa mu pruži kitu zimskih bledih ruža.

— Eh! — uzdahnu Mane bolno i dodade jetko, primajući i mirišući ruže. — Dobro si je što si „kuče u čašire" nosi i pojas; ta imam kude da ga zadenem, ete, ovoj prateno cveće...

— De, pa i ti! Kakav si! — ljutnu se Vaska, jer je razumela prebacivanje. — Da zab'raviš ti onoj što je bilo. Sag da gu vidiš, bata-Mane, kakva stade; nikakva se napraji!... I ti pantiš oneja reči!?... Čorbadžijsko dete, pusto, ludo; raslo u svaki dovlet; zar znalo ono što je muka i nevolja!... Ama, sag, sag da gu vidiš i čuješ što si tvori i zbori!... Slušaj što ti zborim... Nesam jošte svršila rabotu... Ima jošte kodža mi ti mnogo da ti reknem... Pozdravila ti se Zone i rekla da ti reknem: Ako ti je jošte krivo na njojni stareji — lasno za toj... Ima si ona čare i za toj! Svet si zbori da je *pobegulja,* pa kada takoj, vika, zbori, kada ništo neje bilo — a ono dođi k noći i ukradni gu... će te čeka, pa, vika, ako se zove „pobegulja" — berem da znaje, zašto se takoj zove. Ete toj ti se pozdravila! Vodi gu, reče, — u *Šam* će ide s teb'!

— Ama, kako da se ženim, da si 'ranim i ženu, kad sam, ete, lovdžija, fukara; kad ulovim će večeramo, kad ne ulovim ništo, bez večeru će legnemo. Za men' je sirota, sproti men'... More, kude se je ženila fukara iz čorbadžijsku kuću?!!

— Eh, de pa i ti! — smeje se Vaska.

— Boga mi ti kazujem!

— Vika: *ti* gu sve to napraji; ti si zavrzaja, ti sag pa i odvrzuj!...

— More, kakoj će mu pa sag toj bidne! Čaršija zbori, da gu je Manulać ugrabija — pa sag, biva li, ja da gu ukradnem... Kujundžija sam, ama... „noseno zlato"... biva li...

— Mori, ćuti si, nesrećo kujundžijska! — prekide ga ženica i pljesnu po ramenu. — Kako pa to zboriš!... Zašto inćariš, inćaru nijedan!... Sve si ti toj napravija! — reče smejući se — pa sag „Manulać", vikaš! Ih, majka mu ostarela!... Mori, znavamo si mi žene ubavo, što je i koj je Manulać a koj pa Manasija kujundžija, i što si može kad 'oće... Ih što si ti, bata-Mane, pa nesreća nika!

— Ama, ti me pa l'žeš, Vaske!

— Ne l'žem te, bata-Mane, dve mi oči!... živ mi Gmitrać; a Niš da mi davaš — ne davam ga!... Da gu vidiš, tvoje Zone, pa da gu ne poznaš! *Nikakva* se naprajila! Eve, da vidiš, koliko gu milo, za teb'; tag će gu zar veruješ. „Odnesi mu i ovoj — reči mi Zone — i pituj ga: e li je bilo jošte u svet, da je devojka na momka *ovoj* pratila?!" — reče i predade mu zavijenu svilenu maramu.

— Što je ovoj!? — kliknu Mane začuđeno, kad razvi maramu. — *Šeftelija*?!...

— Šeftelija! — prošapta ženica i ustuknu poplašeno dva-tri koraka u stranu.

— Šeftelija?!... — prošapta Mane i zaljulja se od neočekivane sreće.

— Ee! — tvrdi Vaska.

— I... *Zone* ti, ete, dade ovuj šefteliju? *Za men'* ti dade?!...

— Zone...

— L'žeš me, mori!

— Ne l'žem te — kune se ženica — dve mi oči, ne l'žem te... Ovakva da se naprajim — ako te l'žem! — reče i savi kažiprst kao kuku.

— I Zone pratila? — pita je ponovo Mane.

— Zone, a koj će drugi da prati! — odgovara Vaska. — Ako imaš Boga i dušu — a ti si, belkim, pročeti, pa ćeš vidiš ubavo, kol'ko je bolna od kara-sevdah... „Ja si učini' toj, zbori si, Zone, a on sag neka si čini što si hoće i miluje!... Ako mi, reče, ne dođe sag u jesen u kuću — na prolet će mi dođe tam' pod Goricu!...”

— Aha! — viknu radosno Mane, i u onom oduševljenju ispali pušku — i ako su bili već na samom ulazu u varoš, gde ih je Gmitrać čekao — pa zavali ruke iza potiljka i pođe silno kao orao, kad hoće da poleti.

— E, što da reknem! — zapita Vaska i portča za njim.

— Rekni gu: Pozdravija vi se Mane, da ga čekate, rekni, u prvu nedelju.

GLAVA DVADESET PRVA

U njoj je opisano poslednje momačko veselje Manino.

Mane je otišao zadovoljan kući. Poljubio je majku u ruku, kazao da pristaje, a sve ostalo, reče, njena je briga! Sutra će, reče, od Zamfirovih doći k njoj Kaliopa, pa neka njih dve udese tako, da ispadne svima po volji i po hataru. Jevda je sva srećna bila, kad je čula to, i nije se ljutila, kad joj je Mane kazao da ide, da se nađe i malo provede s društvom.

Te je večeri Mane otišao i prodžumbusio sa svojim društvom. Nikome nije kazao zašto i krošto, samo je Mitku, onom Petrakijevom, sve poverio, ispričao mu šta je bilo, zašto je večeras veseo, i pobratimio se ponovo s njim.

***

U Kaloferlijskom hanu džumbus i veselje... To se Mane sa drugovima veseli... Čuju se ćemaneta, pište zurle, zveckaju čampare, a goč potresa temelje staroga hana i sasipa prašinu i crvotočinu sa plafona na vesele goste... To se Mane sa drugovima veseli... Čuje se svirka nadaleko! Čuje je i Zone kroz onu meku i tihu septembarsku jesenju noć, a već pre toga stigao joj je pozdrav i vest, da se to u njeno zdravlje vesele... I do sad od derta nije spavala, a danas zadugo nije sklopila oka od silne radosti i zadovoljstva.

A Mane sedi sa kardašima i veseli se. I niko, sem Mitanče Petrak-ijevog, ne zna, zašto se Mane veseli; zašto je veseo, zašto časti sve i zašto nemilice baca bakšiš, i ne da nikome da plaća!...

Prema njemu sede čengije; odmaraju se od malopređašnjeg burnoga i besomučnoga igranja. Sve lepša od lepše, a među njima najlepša mala Ajša, najmlađi i najomiljeniji čoček, koja boluje od sevdaha. Zato se i odvojila i povukla u ćošak, i odande jednako gleda netremice u Manu i čeka, kad će poručiti onu njegovu (ili bolje reći, njihovu) pesmu *Kad ja imam*, pesmu koju je dilber-Dudija donela amo čak iz Mostara, a čučuk-Ajša je najradije i najlepše pevala, jer se cela pesma na nju odnosila, i Mane, do sada uvek, na nju mislio i gledao, kad se ta pesma pevala. I kad god su otpevali tu pesmu, dobijala je čučuk-Ajša lepa bakšiša i još lepših reči i pogleda od Mane i svega društva Maninog. Ali večeras Mane nije poručivao ništa. Zato Ajša dade znak Dudiji, da zapeva tu pesmu. Dudija zapeva, a ostale čengije prihvatiše; zapevaše i Ćulsefa i Ajša prateći pesmu udaranjem u dahireta. Zapevaše onako malo orijentalski, tiho i sanjivo, malo kroz nos zapevaše:

Kad ja imam rujno vino —
Zašt' ga ne pijem, aj-haj-haj!
Kad ja imam čarne oči,
Ej, zašt' ih ne gledam!...

Čučuk-Ajša ga pogleda sanjivo svojim strasnim velikim bade-mastim očima, ali Mane i ne primeti to. Iskapi čašu vina, ali je ne pogleda, kako je do sad uvek činio. Misli njegove ne behu tu, ali ipak tu blizu, nekoliko kuća odatle, kod Zamfirovih. Zamišljao je sada Zonu, razdragao se; zato sam produži dalje pesmu, koju opet svi svirkom i pevanjem prihvatiše.

Peva Mane:

Kad ja imam belo lice, —
Zašt' ga ne ljubim, aj-haj-haj!
Kad ja imam ruse kose —
Ej, zašt' ih ne mrsim?!...

Uzalud je Ajša koketovala! Na druge oči, druge kose i na drugo lice mislio je sada Mane...

Ni sada ne pogleda Mane Ajšu, ni njeno belo lice, ni njene duge kose, koje beše prebacila i ukrstila preko grudi, pokrivenih tankom providnom košuljom od burundžuk-svile. On beše razvio onu svilenu maramu i gledaše u nju. I tek kad mu priđe Ajša s dahiretom, trže se iz sanjarija, zagrabi šaku stoparaca i baci joj na dahire.

— Pogle ga! Sal *tol'ko...* — reče jetko i zlovoljno Ajša.

— Malo li je? — zapita je Mane. — Zar tol'ke pare?

— Neje za pare reč! — veli Ajša stojeći i očekujući još, kao i do sad što je uz bakšiš dobijala. — Što mi je za pare! Ovoj si ja delim sas drustvo, ali onoj što je salte moje!...

— Evo ti ovoj! — reče Mane. — Zima ide; sas zimske ruže da se zakitiš! — reče i dade joj onu kitu hrizantema. — Toj ti je poslednje od men', Ajšo, za igre što mi igraše, za pesne što mi poješe... za spominjuvanje...

— Ee — uzdahnu tiho Ajša — vido' veće ja...

— E, tol'ko — reče Mane i odmahnu rukom.

— Bilo, Mane!...

— *Bilo,* Ajšo!...

Ajša samo prevuče rukom preko čela i ostavi ga, dade dahire Dudiji, nek ona kupi bakšiš, a ona se povuče, ućuta, i gledaše kroz prozor u mrak, u noć...

Veselje se produžilo ipak, i ako je Ajša tužna bila. Još se pevalo, sviralo i besno i strasno čočeški igralo, i Mane sedeo, u dahireta bogato spuštao, ali nijednu, ni Ajšu, ni Đulsefu, ni Dudiju Bošnjakušu nije ni pogledao, niti je čuo nežne reči kardaša Dudiji i Đulsefi. Sedeo je, pio, i budan sanjao, i tek ga iz sanjarija tih trže glas spolja, jer baš pored prozora ču se: „Vrije, vrijeeee! Parigušica!"

Svi se trgoše, pogledaše na prozor. Kroz zavese se belelo; zora se prokradala u odaju, koju beše od tavana do poda pritisnuo dim kao oblak gust.

Digoše se, da idu.

Probudiše staru Avu, koja je pre četrdeset i više godina bila na glasu čoček, a sada je kao neki anđeo hranitelj i kaznačej u ovoj družini mladih čengija; nosi fenjer i kišobrane i živi u uspomenama.

Pustiše čengije, da izmaknu, a posle se i sami raziđoše...

GLAVA DVADESET DRUGA I POSLEDNJA

Ona je sasvim obična, kao što su obično sve poslednje Glave u pripovetkama i romanima.

Posle ovoga stvar se brzo razvijala i kraju privodila; brže nego što je i sama Zona želela i očekivala.

Svršila se i proševina i prsten. Mane je iznenadio Zamfira, ali i Zamfir Mana. Bilo je govora i o mirazu. Hadži-Zamfir spomenu pet stotina dukata, ali ih Mane ne primi, nego odgovori, da će on za toliko dati nakita svojoj nevesti. Ushićen time, stari Zamfir pokloni im jednu od svojih kuća, najlepšu posle one, u kojoj je stanovao.

Žurno se sprema u obema kućama. Prije Tašana i Jevda pohode se uzajamno češće i razgovaraju se i savetuju, šta će i kako će uraditi, da sve to ispadne što bolje. One same sve to svršavaju, nikoga ne pitaju; Taska i Doka, te dve tetke, vešto su i fino udaljene, da ne bi škodile stvari, koja se tako lepo i glatko svršava. Čak je u uslove ušlo, da se ni na dan svadbe ne nađu one dve zajedno.

Dođe red i na biranje i traženje časnika. Za sve se složiše samo za devera nikako, jer to je pravo bilo pravo mladenaca.

— Da rekneš: dragička! Našeja sam pobratima! — veli Mane Zoni, koja ga je ispratila do avlijskih vrata.

— A koj si je? — zapita Zona radosno.

— E, ela sama da ga pogodiš!...

— Kakav je? Je li je tanak, visok; ima li mustaći? — pita Zona. — Neću ga, ako nema mustaći...

— Pa... će da ima...

— A šta je? Od kakav si je red? E li činovnik, oficer?...

— Neje!

— Esnaf čovek?

— Neje.

— Trgovac?

— Neje ni toj...

— Ama, de!... Zbori si, živa ti ja, što je!

— Saraf i banker...

— E, saraf! Kako može saraf dever da bidne!? Neću sarafina!

— Ama de, nije Čifut!... naša si je vera... Em, mlad, ubav, bogat... sarafče i bankerče... u naš varoš nema ga, ete, jošte jedan potakav!... Pratija sam čoveka, da ga pituje...

Zona izdiže obrve i slegnu ramenima, kao da hoće da kaže, da se ne može setiti.

— Što, jošte ne može da se setiš?!

— Jok...

— Ama će bidne dever! Ama antika dever... poubav odi gardiskog poručnika, ete...

— Ama, zbori, de...

— Manulać... — veli Mane.

— Ba, neću si! — prekide ga ljutito Zona i zalupi avlijska vrata za sobom ostaviv Mana napolju.

Mane je bez ičijeg pitanja, onako sam po svojoj pameti, učinio taj korak. Pozvao je Manulaća, on lično, da mu bude dever uz devojku, dodav, neka se pokori sudbini, onome što je pisano i suđeno, kao što bi se, reče, i on — Mane — pokorio i pristao da bude Manulaću dever, da je njega — Manulaća to jest — Zona begenisala i da je suđeno i pisano bilo. A kad se Manulać otimao i spomenuo: da sada nisu pređašnje godine, da je „oskudacija", da su im silne nepokupljene pare po narodu rasturene i izložene propasti, Mane mu je rekao, ako je *samo* to, da je za to najlakše! Obećao je, da će mu on kupiti lakovane deverske cipele i novu zlatnu minđušu u uvo (Manulać je bio prvenac) i još svrh toga da će mu celoga svoga veka kupovati za njegov račun ovčije i jareće kože i, kao pobratimu svom, naravno, bez ijedne pare ćara davati.

Zbog toga se, eto, sukobiše i posvadiše Zona i Mane. I to traje već nekoliko dana. Zona neće nikako ni da čuje za Manulaća, a Mane opet kaže: il' njega il' nikoga. Čorbadžijski je sin, stara kuća, pa će mu, veli, to činiti čest! A sem toga, to mu je i dužnost, pričaše joj Mane, jer su se on i Manulać pobratimili i zarekli: ko se prvi oženi, da mu onaj drugi bude dever. Dakle mora!... Ali Zona neće; veli da Manulać nema ni formu za devera! A kako je imao forme za mladoženju!? dira je Mane i dovodi je do plača! I Mane gleda, kako je lepa i kad plače, i milo mu, da je gleda, kad plače. Kaže joj, da ga je u snu video kao njenog mladoženju, pa bi sada rad bio i na javi videti ga i kao devera!...

I da se samo Mane pitao i od njega samo da je zavisilo, možda bi tako i bilo. Ali, srećom po Zonu, stiže i Zamfirovima i Mani pozdrav od Manulaćevih. Manulać se izvinjava, da ne može, jer baš tih dana ga trgovački poslovi odazivaju na duži put u Leskovac i okolinu: da kupi propalu veresiju, od koje ako što para skupi, da posle kupuje kudelju i kuskune...

Tada se jedva jednom razvedri i sinu lice Zonino.

Za drugog kandidata za devera, lako se pogodiše. To je bio Mitanča čorbadži-Petrakijev sin, i čitateljima već dobro poznat iz ranijih Glava. Na to rado pristaše svi, i mladenci, i roditelji njihovi. Mitanče već može; iz čorbadžijske je kuće, mlad je, lep je, ima nausnice, drug je Manin, dakle niko bolji od njega da bude Mani dever. A sem toga, tako će se uzeti, da je ostao momak i da onog braka sa Švabicom

Herminom kao da nije ni bilo. Tako treba i ocu Petrakiju predstaviti i protumačiti. I stari Zamfir uze na sebe tu dužnost, obeća se, da će uložiti sav svoj autoritet i uticaj na jogunastog Petrakija, i da će izmiriti oca sa sinom, sa sinom koji se kaje, koji se popravio, i koji je opet primljen u red čorbadžijski, jer ga, eto, i sam stari i ponositi Zamfir prima u svoj rod!

I uspeo je čorbadži-Zamfir kod čorbadži-Petrakija! Jer nije prošlo mnogo a trećega dana od izmirenja, rano ujutro čitaše iznenađene čaršilije novu firmu nad vratima Petrakijeva dućana, koja je glasila: „Trgovina Petrakija N* i Sina”.

***

Licem na Svetu Petku bila je svadba. Bio je lep, vedar dan, vedar kao i lice srećnih mladenaca. Sve se sleglo u svatove, i radovalo se, što se tako lepo, i baš onako kao što je trebalo, svršilo. Tetka Taska je toga dana bila sve i sva u Zamfirovoj, a tetka Doka u Maninoj kući. Duboko u noć još se talasalo kolo i igre, a „Jelke tamničarke” igralo se nekoliko puta do „Šaren-ora”.

***

— Ama sag pravo da mi kažeš, što ću te, ete, pitujem — zapita trećega dana Zamfir zeta Manu — ama ti ga napraji sav onaj džumbus?! Ete, živ ti ja; *toj pravo* da mi kažeš?!

— Hehe! — snebiva se Mane. — Nesam, nesam, lovačke mi sreće, nesam! Kud pa smem ja toj da naprajim?! — kune se Mane. — Teke sutradan, pred ručak, i ja si sam ču' u čaršiju, ama vikam „sokak-laf” si je... Što si neće zaludnjaci da zbore!

— He! — vrti glavom stari Zamfir i ne veruje mu. — Tatko koj ti beše?... Đorđija! A iverka pada li daleko od kladu?...

A Mane mu se kune u pušku, koja ga nikad nije slagala, pa tako neće ni on sad njega slagati. Zaklinje mu se naposletku čak i u svetog Evstatija, patrona lovačkog!

Ali mu Zamfir ne veruje. Vrti glavom, ali mu ipak milo, kad ih pogleda, gleda ih dugo i veli i priznaje u sebi: da drugog zeta po svom ćefu, i takvu sliku i priliku kao što su Zona i Mane, mučno da bi mogao naći i sastaviti...

Milo mu sve to, milo mu, što je dahnuo dušom, što se kurtalisao jedne teške brige i glavobolje, samo mu nije milo, što se mladenci mnogo snebivaju i stide i kriju od sveta. Zato se valjda hadži-Zamfir odmah posle nekoliko dana i setio svoga čifluka i jesenjih radova, koji mu imperativno nalažu i zahtevaju, da se ovih dana neizostavno tamo pojavi i probavi. I on nađe, da će biti najbolje, da se ukloni malo od kuće. Pa tako je i uradio. Kazao je domaćima da ide; ide, veli, jedno da se posle silnih briga odmori i razonodi na nedelju-dve dana tamo na čifluku, a drugo, vreme je da se, veli, i ta deca malo oslobode i izađu među svet; jer eno blagočestivi tutori i odbornici opštine turekovačke već treći dan kako se vuku sve sredinom sokaka (već im se i šegrti smeju gledajući ih kako spadoše s nogu!) tražeći Manu kujundžiju, da mu isplate i dignu poručena kandila, kadionicu i petohljebnicu, pa nikako da ga nađu; nema ga, kao da je u zemlju propao...

Stevan Sremac, jedan od najznačajnijih predstavnika realizma u srpskoj književnosti, rođen je 1855. godine u Senti. Osnovnu školu pohađao je u rodnom gradu. Pošto je rano ostao bez oba roditelja, brigu o njemu preuzima ujak Jovan Đorđević, znameniti srpski istoričar i književnik, koji ga 1868. godine dovodi u Beograd na dalje školovanje.

Godine 1874. završava Prvu beogradsku gimnaziju. Iste godine upisuje Istorijsko-filološki odsek Filozofskog fakulteta u Beogradu.

Tokom studiranja, kao dobrovoljac Đačke baterije učestvuje u ratu za oslobođenje jugoistočne Srbije i Niša od Turaka.

Diplomirao je po povratku iz rata, 1878. godine.

Ubrzo po diplomiranju, zapošljava se nakratko kao praktikant u Ministarstvu finansija. U septembru 1879. godine seli se u Niš gde ga je Ministarstvo prosvete postavilo za profesora Gimnazije. Na tom mestu zadržao se jedanaest godina. Predavao je krasnopis, crtanje, nemački jezik, moral, srpsku gramatiku, srpsku istoriju, opštu istoriju i geografiju. Godine 1881. biva prebačen u Pirot, ali se ubrzo vraća u Niš gde ostaje sve do 1892. godine.

Karijeru gimnazijskog profesora nastavlja u Beogradu. Tu počinje da se ostvaruje i kao književnik. Piše realističnu prozu, na osnovu beležaka o konkretnim anegdotama stvarnih ličnosti koje je godinama sakupljao po Nišu i Pirotu. Bio je poznat kao „pisac sa beležnicom".

Jedan je od najobrazovanijih pisaca devetnaestog veka u Srbiji.

U Srpsku kraljevsku akademiju primljen je u februaru 1906. godine kao jedini profesor gimnazije u njenoj istoriji.

U želji da u miru napiše pristupnu besedu Akademiji, otputovao je u Sokobanju. Besedu nikada nije održao jer se se u Sokobanji razboleo i iznenada preminuo u avgustu 1906. godine. Sahranjen je sa najvećim počastima na Novom groblju u Beogradu.

U bogatom književnom opusu Stevana Sremca, značajno mesto zauzma roman *Zona Zamfirova*. Ova jednostavna ljubavna priča o dvoje mladih iz različitih društvenih slojeva, smeštena na jug Srbije devetnaestoga veka, u vreme kada je srpsko tek ponovo stiglo, a tursko još uvek nije iščezlo, sa nizom veselih i komičnih situacija u koje su upleteni obični, bezazleni i prostodušni likovi, i danas uživa veliku popularnost kod čitalačke publike.

adžamija — mlad, neiskusan, nevešt, početnik
akšam — veče, prvi mrak
a la franga — po evropski
alal — ono što je blagosloveno, srećno
alis — upravo, baš
ališ-veriš — dobitak trgovanjem
amberija — mirisna rakija
anasana — do vraga
aram — prokletstvo, greh
argatka — radnica, najamni radnik, nadničar
arč — trošak
asker — vojnik
asli — sasvim
aškoljs'n — bravo! tako je!
atlas — vrsta svile
ausgang — izlaz
azbašča — vrt

bajađim (bajagi, bajagim) — tobože
banćer — bankar
bataljen — napušten
batisati (batisuvati) — uništiti, pokvariti
begenisati — osećati ljubav, naklonost, dopadati se; voleti, izabrati

belenzuka — narukvica
belkim (belćim) — valjda, možda, verovatno
berem — bar
binjedžija — dobar, vešt jahač, konjanik
brgo — brzo
budžak — ugao, ćošak
bulbul — slavuj
burundžuk — tkanina

ceniti se — pogoditi se
cvrst — čvrst

čair — polje, livada, pašnjak
čapkun — lola, obešenjak, mangup
čapkunluk — nestašluk
čare — pomoć
čekmedže — fijoka za novac u dućanskoj tezgi
čelebi — gospodin, lepo vaspitan čovek
čengija — igračica, kafanska igračica
čerek — četvrt, četvrtina
četiti — čitati
čiček-anterija — spavaćica
čirak — šegrt, sluga; svećnjak
čivčija — zemljoradnik, težak
čoček — pevačica i igračica; igra, ples
čuček — mali, malen
čupe — devojčica
čurenje — pušenje
čuriti — pušiti

ćiler — sobičak, kućerak, ostava
ćirija — kirija

ćopek-sene — pseto jedno!
ćutek — batina, šiba, štap, udarac

dabeter — sve gore
damno — davno
datke — sekice
davija — tužba, žalba
degenek — palica, batina
dek — da
demek — to jest
dert — žalost, bol, tuga, nevolja, briga; ljubavni jad
dor — tek, sve do; dok, dok god
dovlet — bogatstvo, blagostanje, gospodstvo
droban — sitan
drt — mator, oronuo, ostareo
duzdisati — urediti, udesiti

džaveljati — prepirati se
dževap — odgovor
džimpir — lola, nestašna osoba
džube — duga haljina

đene-đene — nekako, prilično, tako-tako
đulijaj — miris ruža

eglen — razgovor radi zabave; zabava
ekimin — lekar
eli — ili
ešek — magarac

fatiti — uhvatiti
feredža — haljina; dugačak ogrtač

fes — kapa crvena sa kićankom ili bez nje
fidan — izdanak
fildiš — slonova kost, slonovača
Filibe — Plovdiv
frljati — bacati
fustan — haljina

gaki — gaće
gi — ih
gim — im
golem nišan — prstenovanje, prosidba
golemaš — bogataš
goč — bubanj, doboš
gu — nju
gurbetluk — skitnja

hadžiluk — pohod Jerusalimu
halal — na zakonit način, pravedno
hanuma — žena, gospođa
haspapiti — računati
hizmet — služba

ibrik — bokal
ič — nimalo
inaet — nevaljao, koji voli svađu
inćar — poricanje, odbijanje, neodobravanje
inorog — jednorog
iskarati — isterati
iskati — želeti
izmećarka — služavka

jabandžija (jabanlija) — došljak, stranac, tuđin
jaglak (jagluk) — maramica, rubac
jagurida — nezrelo; grožđe zaostalo posle berbe
jala — te
jašmak — tanka koprena
jazija — pismo, slovo, azbuka
jeglen — razgovor radi zabave; zabava
juma-basma — tkanina, obično šarena i pamučna
jutredan — sutradan

kabaet — krivac
kačak — hajduk, begunac, odmetnik
kaif — zadovoljstvo
kamik — kamen
kara-sevdah — veliki ljubavni bol, ljubavna zanesenost, melanholija
kardaš — drug, prijatelj, pobratim
kavur — nevernik
kaznačej — blagajnik
kelčo — ništak, balavac
keleš — ćelavko
keten — ćeten
k'na — kana, cvet
klne — kune
kodža — mnogo, podosta, strašno
kolesnica — kola
kondurdžija — obućar
kondurice — cipelice
kumrija — gugutka, grlica
kup — gomila
kurdisati — namestiti

kuskun — podrepnica, kaiš ispod konjskog repa
kutati — skrivati

lackati — laskati
lagiran — lakiran
lezet — ukus, slast, užitak
lošotija — rđav tip; rđava vest, nevaljalstvo

mahsuz — naročito, hotimice, namerno
mangal — sud za žeravicu
mastika — vrsta rakije
merak — žudnja, strast, želja, ćef, prohtev
meraklija — ljubitelj, koji ume da uživa, da se provodi
merdiven — lestve, merdevine
merdžan-ateš — žar, ugarak
mezuldžijski — poštanski, kurirski
miralaj — pukovnik
mlat — mlad
mutvak — kuhinja
muštuldžija — glasnik
mužie — muževi

nađizditi — nagizditi
nalune — drvena obuća
napudija — oterao, odagnao, odbacio
nargila — vrsta čibuka, muštikle, lule
našeja — našao
neknja — prekjuče
niki — neki
nišaljka — ljuljaška
noćuvanje — noćenje

njojni — njeni
njuma — nju

obitnik — stanovnik, žitelj
odu — od
okatrenuće — sekund
oknuti — doviknuti
osamne — osvane
otoičke — maločas, malopre
otoše — odoše

pajton — fijaker
pamuklija — kratka haljina
pavta — dugme
pcetište — psina
pelivanka — cirkuska igračica, akrobata
pendžera — metalni sud
peškeš — dar, poklon
peštimalj — peškir
pišman — onaj koji se kaje, odustaje
plundre — pantalone
ponza — posle, iza
pomomak — bolji momak
po sag — odsad
posmešiti se — obrukati se
pošeja — pošao
potakav — bolji
potrgovac — bolji trgovac
povedenje — držanje
praji — radi
predi — pre

premenjuvati se — preoblačiti se, presvlačiti se
preripiti — preskočiti
prilegati — priličiti
prizortiti — primorati
prodžumbusati — razonoditi se, proveseliti se
prokaj — pokraj
prolet — proleće
pšeško — pseće, pasje
pule — ždrebe
putine — cipele

rahatluk — odmor
rakli-sapun — mirisni sapun
rezilak — sramota, stid, uvreda, poruga, grdnja
rodljaci — rođaci
rodnina — rodbina
rospija — žena propalica
rz — čast, poštenje

sag — sad
sahan — bakarni tanjir
sakati — voleti
sal — samo
sankim — tobože, ko bajagi
saraj — dvor
saraf — menjač novca, trgovac novcem
sas — s, sa
sehiriti — s uživanjem posmatrati
sejmen — stražar, pandur
selamet — oslobođenje, mir, sreća, uspeh
sidžade — mali ćilim

sinija — okrugla trpeza; veliki drveni tanjir
skuđena — pokuđena
skutati — sakriti
slazi — silazi
smiće — smeta
sokaki-laf — ogovaranje, tračevi, neproverene vesti
spaciruvanje — šetnja
sproti — prema
sramuvanje — stid
srma — srebro
stanala — postala
stovna — testija
strošiti se — slomiti se
surgun — progonstvo, izgnanstvo, zatočeništvo
svetak — praznik

šamdud — dud iz Šama
šavdan — svećnjak
šebek — majmun
šeftelija — kajsija, breskva
šeš-beš — igra, zabava
šilbok — stražar
šiše — mala boca
šnjevati — sanjati
štiflete a la frange — cipele francuske mode

ta — pa, i
tabija — tvrđavica, utvrđenje
tabijat — narav, ćud, priroda
tagaj — tada
tatli — sladak, ukusan, blag

teke — tek
tel — zlato, žica, tanko vlakno
tepati — tući, biti
teste — tuce
toprv — tek, prvi put
trandafil — ruža
trebe — treba
tuj — tu
tufek — puška; pucanj iz puške

uaptiti — ugristi
ubavinja — lepota, lepotija

vardaj — pripazi!
vazdandan — ceo dan
Velikdan — Uskrs

zadžakati — zagalamiti
zajac — zec
zambak — krin
zanajat — zanat
zaobikoliti — zaobići
zarf — zamotak, metalna čašica za fildžan
zem — zemlja
zevzek — glupak
zort — sila, strah, plašljivost
zurlaš — svirač

žmiti — pospano, dremljivo gledati